dtv

Im goldenen Herbst zeigt die Natur ihren Farbenreichtum und auch in diesem Buch sind die Vielfalt und Einzigartigkeit der dritten Jahreszeit zu entdecken und zu genießen. Die hier versammelten literarischen Kostbarkeiten beleuchten die schönsten Seiten des Herbstes. Berühmte Schriftsteller stimmen ein auf den Altweibersommer, ausgedehnte Waldspaziergänge, die reiche Ernte auf den Feldern und die dunklen Tage, die bereits den Winter ankünden. Ein herbstlich bunter Strauß aus Gedichten und Prosatexten – für jeden, der sich auch literarisch an dieser schönen Zeit erfreuen möchte.

Günter Stolzenberger ist freier Publizist und lebt in Frankfurt am Main. Bei dtv erschienen bereits einige seiner sehr erfolgreichen Anthologien, darunter: ›Kurt Tucholsky: Dürfen darf man alles‹ (13431 und 14011), ›Wilhelm Busch: Und überhaupt und sowieso‹ (13624), ›Joachim Ringelnatz: Zupf dir ein Wölkchen‹ (13822), ›Das Frühlingslesebuch‹ (14089) und ›Das Sommerlesebuch‹ (14119).

DAS HERBST LESEBUCH

Herausgegeben
von Günter Stolzenberger

Deutscher Taschenbuch Verlag

Vom Herausgeber Günter Stolzenberger
sind im Deutschen Taschenbuch Verlag erschienen:
Tucholsky. Dürfen darf man alles –
Lebensweisheiten (13431 und 14011)
Busch. Und überhaupt und sowieso –
Reimweisheiten (13624)
Ringelnatz. Zupf dir ein Wölkchen –
Gedichte (13822)
Die Kunst des Wanderns (13867)
Weihnachtswahn und Weihnachtswonnen (13925)
Das Frühlingslesebuch (14089)
Das Sommerlesebuch (14119)

Originalausgabe 2012
Deutscher Taschenbuch Verlag GmbH & Co. KG,
München

Umschlagkonzept: Balk & Brumshagen
Umschlaggestaltung: Ruth Botzenhardt
Gesetzt aus der Bembo 10/12,25˙
Satz: Greiner & Reichel, Köln
Druck und Bindung: Druckerei C.H. Beck, Nördlingen
Gedruckt auf säurefreiem, chlorfrei gebleichtem Papier
Printed in Germany · ISBN 978-3-423-14141-3

Inhalt

Die Farben der Septembersonne

Septembermorgen

Im Nebel ruhet noch die Welt,
Noch träumen Wald und Wiesen:
Bald siehst du, wenn der Schleier fällt,
Den blauen Himmel unverstellt,
Herbstkräftig die gedämpfte Welt
In warmem Golde fließen.

Eduard Mörike

Robert Walser

Es fing an zu herbsteln

Die Zeit machte einen unsichtbaren Schritt vorwärts. Auch in der Gegend von Bärenswil blieben die Jahreszeiten nicht stehen, sondern sie hatten natürlicherweise zu tun, was sie anderorts auch tun müssen, sie veränderten sich, trotz des Herrn Tobler, der vielleicht wünschen mochte, die Zeit stillstehen zu sehen. Ein Mann wie er, dessen Geschäfte nicht gingen, war der unbewußte Feind alles dessen, was ruhig und gleichmäßig vorwärtsschritt. Der Tag oder die Woche ist solch einem Menschen stets entweder zu kurz oder zu lang, zu kurz, weil man die Krisis herankommen sieht, zu lang, weil man sich langweilt am Anblick des lahmen Geschäftsganges. Ging die Zeit scheinbar schnell dahin, so murmelte Tobler, man komme zu gar nichts Gescheitem mehr seit einigen Tagen, und machte sie scheinbar langsame und bequemliche Schritte, so wünschte er sich über die Berge in ein späteres Jahrzehnt versetzt, um alle diese ihn umgebenden Dinge nicht mehr anschauen zu müssen.

Es fing an zu herbsteln, sich zu setzen, es stund irgendwo etwas still, die Natur schien sich manchmal die Augen reiben zu müssen. Die Winde wehten anders als bisher, wenigstens schien das oft so, Schatten huschten an den Fenstern vorbei, und die Sonne war eine andere Sonne geworden. Wenn es warm war draußen, so sagten ein paar Menschen, echte Bärenswiler, sieh da, wie warm es immer noch ist. Man dankte für die Milde, weil man einen Tag vorher, unter der Haustüre stehend, gesagt hatte: Potz blitz, es fängt zu rumoren an!

Hin und wieder runzelte der Himmel seine schöne, reine Stirne, oder er zog sie sogar in Gramesfalten und -schleiern zusammen. Alsdann war die ganze Hügel- und Seegegend von grauen, nassen Tüchern umhüllt. Der Regen fiel schwer auf die Bäume, was nicht hinderte, daß man zur Post lief, wenn man zufällig ein Angestellter des Hauses Tobler war. Herr Martin Grünen schien sich um die schönen, sanften Wechsel der Jahreszeiten auch nicht viel zu kümmern, sonst würde er kaum haben schreiben können, alles, was Tobler an Zahlungsverweigerungsgründen ihm angebe, das berühre ihn gar nicht, und er beharre auf seiner Kündigung.

Und wenn dann das schöne Wetter wieder kam, wie glücklich konnte das einen berühren. Es waren vornehmlich drei Farben in der Natur zu sehen, ein Weiß, ein Blau und ein Gold, Nebel, Sonne und Himmelsbläue, drei sehr, sehr feine, ja sogar vornehme Farben. Man konnte dann fortfahren, draußen im Garten zu essen, man stund dann da so, lehnte sich gegen das Gitter und dachte darüber nach, ob man das schon einmal, irgendwo in der Jugend vielleicht, könne gesehen haben. Die Wärme und Farbe waren eines geworden. Ja, sagte man, solche Farben ergeben eine solche Wärme! Die Gegend schien zu lächeln, der Himmel schien selber glücklich über sein Aussehen geworden zu sein, er schien der Duft und der Inhalt und die liebe Bedeutung dieses Land- und Seelächelns zu sein. Wie das alles nur so liegen, stillsein und strahlen konnte. Wenn man über die Seefläche hinausschaute, fühlte man sich, man brauchte nicht einmal Gehülfe zu sein, von freundlichen, wohltuenden Worten angesprochen. Schaute man in die gelbliche Baumwelt hinein, so regte sich eine zarte Melancholie in einem. Sah man das Haus an, so mußte man lachen, obschon die herrische Pauline gerade am Küchenfenster Teppiche bürstete. Die Welt schien voller Musik zu sein. Über den Kronen der Bäume erschienen wie ferne, verhallende Töne die blendend-leichten-weißen Umrisse der Alpen. Man sah hin und empfand mit einem Mal das alles als unwirklich. Dann war's wieder anders. Andere

Aussichten, andere Empfindungen! Auch die Gegend schien zu empfinden und ihre Empfindungen zu ändern. Das Empfundene verlor sich jedesmal in das allesbeherrschende Blau. Ja, alles war blau angefärbt und angehaucht. Und dazu diese Frische, dieses Rauschen von den Bäumen her, in denen immer eine leise, kühle Bewegung war. Konnte man da arbeiten, sich nützlich erweisen? Ja, man spannte das Waschseil auf und half der Waschfrau einen Korb nasser Wäsche aus dem Keller hinauf an das golden-blaue Licht der Erde tragen. So etwas zu tun ziemte sich an einem so schönen, bis in die letzten Winkel von Farben und Tönen durchzuckten, gleichsam hellgeschliffenen Tage. Und es gab eine ganze Reihe solcher Tage, wo man nur vom Bett aufstehen, sich zum Fenster hinauslehnen und mehrere Male hintereinander sagen mußte: wie wundervoll!

Ja, aus dem Sommerland war ein Herbstland geworden.

Wilhelm Busch

Im Herbst

Der schöne Sommer ging von hinnen,
Der Herbst, der reiche, zog ins Land.
Nun weben all die guten Spinnen
So manches feine Festgewand.

Sie weben zu des Tages Feier
Mit kunstgeübtem Hinterbein
Ganz allerliebste Elfenschleier
Als Schmuck für Wiese, Flur und Hain.

Ja, tausend Silberfäden geben
Dem Winde sie zum leichten Spiel,
Die ziehen sanft dahin und schweben
Ans unbewußt bestimmte Ziel.

Sie ziehen in das Wunderländchen,
Wo Liebe scheu im Anbeginn,
Und leis verknüpft ein zartes Bändchen
Den Schäfer mit der Schäferin.

Alex Capus

Etwas sehr, sehr Schönes

Die Geschichte beginnt morgens um sieben Uhr an einem jener goldenen Herbsttage, wie sie das Basler Hinterland so leuchtend klar hat. Auf einem kleinen Hügel stehen einsam drei flammendgelbe Birken, dahinter liegt ein stattliches weißes Wohnhaus. Auf der Terrasse flattert eine Schweizerfahne im warmen Südwestwind. Die Tür geht auf, eine junge Frau kommt heraus. Sie ist vielleicht zwanzig, allerhöchstens fünfundzwanzig Jahre alt, trägt ein rot-weißes Reisekostüm, und ihr blondes Haar leuchtet in der Morgensonne. In weißen Sandalen läuft sie auf ihr Auto zu, während hinter ihr ein weißhaariger Mann aus dem Haus tritt. Der Mann ist bestimmt über Sechzig. Seinem ausrasierten Nacken und den harten Zügen um die Mundwinkel sieht man zwei Weltkriege an, seinen Schultern und dem flachen Bauch den lebenslang trainierten Leichtathleten. Er trägt zwei große Koffer, mühelos hält er sie seitlich auswärts, so daß sie ihm nicht gegen die Beine schlagen. Er legt das Gepäck auf den Beifahrersitz, denn das Auto ist rund und winzig wie ein Frosch, ein schwarzer Renault Heck, und anderswo ist kein Platz. Dann umarmt er die junge Frau, schaut ihr eindringlich in die Augen und sagt etwas. Sie nickt, steigt ein und fährt los, kurbelt das Fenster herunter, streckt einen nackten Arm heraus und winkt. Dabei knickt sie den Ellbogen einwärts, wie es nur Frauen können. Der weißhaarige Mann winkt zurück, bis der Renault hinter den Birken verschwindet, und geht dann schnell ins Haus. Es ist der 21. Oktober 1960.

Bis zur Grenze ist es nicht weit. Ein Zöllner mit steifem Hut und Stehkragen hebt den rot-weißen Schlagbaum, ein zweiter grüßt militärisch, und gemeinsam sehen sie dem schwarzen Renault hinterher. Am Straßenrand steht ein großer blauer Wegweiser, auf dem in weißer Schrift »Paris« steht.

Noch immer ist es früh am Morgen. Die Platanen links und rechts der Straße werfen lange Schatten westwärts auf die abgemähten Weizenfelder, der Mais ist feucht vom Tau, und weit hinten treibt ein Bauernbub Kühe auf die Weide. Im Innern des Wägelchens dröhnt und scheppert es, das Steuerrad vibriert, und das Bild im Rückspiegel ist verzittert. Die junge Frau fährt so schnell der Motor eben kann. Sie ist glücklich. In den Lärm hinein singt sie Bruchstücke eines Liedes von Edith Piaf. Plötzlich verstummt sie und zuckt zusammen, als ob sie etwas vergessen hätte. Sie angelt ihre Handtasche neben den Koffern hervor und nimmt eine Packung Zigaretten heraus. Camel, ohne Filter. Sie versucht vergeblich, die Packung einhändig aufzureißen, aber die andere Hand zu Hilfe nehmen kann sie auch nicht, weil die Straße ziemlich kurvig ist. Schließlich reißt sie die Packung mit den Zähnen auf, mit starken weißen Zähnen, zieht eine Zigarette heraus und zündet sie an. Ein aufmerksamer Beobachter würde auf den ersten Blick sehen, daß die junge Frau keine geübte Raucherin ist; sie hält die Zigarette zwischen Daumen und Zeigefinger, schürzt die Lippen bei jedem Zug zu einem spitzen Mündchen, und den Rauch zieht sie kaum tiefer hinein als bis zu den Backenzähnen. Der Qualm wird immer dichter im engen Auto, bis sie das Fenster herunterkurbelt und die halb gerauchte Zigarette hinauswirft.

Die Sonne steigt höher, die Schatten in den Alleen werden kürzer. Am Mittag fährt die junge Frau auf den Parkplatz eines Restaurants und stellt ihr Wägelchen zwischen zwei gewaltigen Lastwagen ab. Vor der Eingangstür hängen bunte Plastikstreifen und versperren die Sicht ins Lokal. Sie schiebt sie zur Seite und tritt ein. Sie ist die einzige Frau im Lokal; an den Tischen sitzen Männer mit stark behaarten Unterarmen. Sie reden miteinander, und höflich bemühen sich alle, die junge Frau nicht ungebührlich anzustarren. Sie setzt sich an einen freien Tisch. Der Wirt kommt und nimmt die Bestellung auf.

Dann fragt er: »Na, Mademoiselle, wohin fahren Sie denn, so ganz alleine?«

»Nach Paris.«

»Ah, Paris! Wie lange bleiben Sie da?«

»Nur eine Nacht. Dann geht's weiter nach England. Ich besuche einen Englischkurs in Oxford.«

»Studentin?«

»Lehrerin. Ich bilde mich weiter.«

»Das ist gut, Mademoiselle, das ist gut.« Der Wirt kehrt zurück in die Küche, um Mademoiselle einen gemischten Salat zu bereiten. Die junge Frau entdeckt die Musikbox in der Ecke. Sie geht hin, studiert das Verzeichnis und drückt drei Tasten. Unter der Glashaube erhebt sich ein halbkreisförmiger Arm, greift rückwärts in die nebeneinanderstehenden Schallplatten und legt eine auf den Plattenteller. Der Tonarm macht einen Schwenker, es knistert und kracht, und dann ertönt die Musik. Es ist ein Lied von Edith Piaf, dasselbe, das die junge Frau im Auto gesungen hat. Erst jetzt merkt sie, daß es still geworden ist im Restaurant. Sie dreht sich um. Die Männer sitzen schweigend da und starren sie an. Schnell kehrt die junge Frau an ihren Platz zurück. Sie zieht ein Buch aus der Handtasche, legt es vor sich auf den Tisch und schaut nicht mehr auf, bis der Salat kommt.

Bevor die Männer ihren Kaffee ausgetrunken haben, ist der kleine Renault schon wieder auf der Straße. Die Bäume werfen jetzt nur noch ganz kurze Schatten, und über dem Teer flimmert es wie im Sommer. Dann werden die Schatten wieder länger und zeigen nordostwärts. Aber bevor der erste Schatten den Horizont berührt, läßt die junge Frau den letzten Baum hinter sich und fährt in Paris ein. Auf dem

Boulevard Saint-Michel fragt sie einen Polizisten nach einem bestimmten Hotel. Sie fährt hin und hat Glück: Gleich vor dem gläsernen Entrée ist ein Parkplatz frei. Sie geht hinein, spricht mit der Dame an der Rezeption und erhält sofort einen Zimmerschlüssel.

Der Hoteldiener holt die Koffer aus dem Wagen und geht voran die Treppe hoch. In ihrem Zimmer staunt die junge Frau über die Höhe des Fensters, das von der Decke bis knapp über den Boden reicht. Sie öffnet es, lehnt sich hinaus über das verschnörkelte gußeiserne Geländer, sieht hinunter ins emsige Treiben auf der Straße und hoch hinaus über die Dächer der großen Stadt und zündet ihre zweite Zigarette an.

Zerfließend geht die Sonne unter, die Nacht kommt. Die junge Frau hat sich gewaschen und einen leichten Sommerrock angezogen. Jetzt streift sie ihr weißes Strickjäckchen über, wirft einen prüfenden Blick in den Spiegel, hebt Handtasche und Zimmerschlüssel vom Bett auf und geht hinaus. Auf dem Boulevard Saint-Michel sind gutaussehende junge Leute zu Tausenden unterwegs. Zu Hause im Basler Hinterland gehörte die junge Frau zu den hübschesten, und mehrmals hatten liebeskranke Jünglinge unglückliche Nächte im Schatten von drei einsamen Birken verbracht. Aber hier, in Paris ... die junge Frau ist beeindruckt.

Sie geht vorbei an den berühmten Literatencafés, in denen längst keine Literaten mehr sitzen, sondern nur noch blasierte Burschen in schwarzen Rollkragenpullovern, die gelangweilt dem Geschwätz ihrer hochtoupierten Freundinnen zuhören. Sie schnuppert den Dieselgestank der Busse, selig betrachtet sie die Auslagen der Buchhandlungen, heimlich schaut sie den vorbeiziehenden Menschen nach. An einer Ecke kauft sie ein paar Ansichtskarten und setzt sich ins nächste Café. Sie hat Vater versprochen, sich gleich am ersten Tag zu melden – nicht anzurufen, das wäre Geldverschwendung, aber doch eine Karte zu schreiben. Sie bestellt die erste Cola ihres Lebens, kramt den Federhalter aus der Handtasche und nimmt eine Ansichtskarte vom Stapel. Geschwind schreibt sie die Adresse und »Lieber Papa, liebe Mama«; dann stockt sie und beißt auf dem Füller herum.

Jemand spricht sie an. »Verzeihung, Mademoiselle. Wie ich sehe, haben Sie da einen ordentlichen Stapel Ansichtskarten. Wenn Sie eine entbehren könnten, würde ich Ihnen gerne ein paar Zeilen schreiben.«

Sie sieht den Mann an. Jung ist er, wahrscheinlich jünger als sie, und er kann unter seinen Augenbrauen hervorschauen wie James Dean. Das findet die junge Frau etwas lächerlich, aber immerhin trägt er keinen schwarzen Rollkragenpullover, sondern ein weißes Hemd und eine unglaublich schmale Krawatte. Groß und schlank ist er, und er spricht betont deutlich und langsam, damit sie ihn verstehen kann. Der junge Mann gefällt ihr. Sie reicht ihm eine Karte und den Füller. Er schreibt drei Zeilen, gibt ihr alles zurück, steht auf und verabschiedet sich: »Morgen um diese Zeit werde ich hier auf Sie warten. Auf Wiedersehen, Mademoiselle.« Und bevor die junge Frau antworten kann, daß sie in vierundzwanzig Stunden längst unterwegs nach England sein wird, vielleicht schon auf der Fähre oder jenseits des Ärmelkanals, ist der junge Mann im Strom der Menschen verschwunden.

Immer an dieser Stelle der Geschichte huscht ein frivoles Lächeln über das altersfaltige Mündchen meiner Mutter.

»Dein Vater hat unglaubliches Glück gehabt«, fährt sie dann jeweils fort, »ich hatte ihn am nächsten Morgen doch längst vergessen. Aber es regnete ziemlich stark, mir graute vor der Autofahrt, und so entschied ich mich, noch einen Tag in Paris zu bleiben. Ich lief den ganzen Tag im Louvre umher, und als ich abends zurück ins Hotel ging, führte mein Heimweg zufällig an jenem Café vorbei. Es war der pure Zufall, wie gesagt; dein Vater saß in der ersten Reihe, aber ich übersah ihn geflissentlich. Der eingebildete Laffe hätte sonst womöglich geglaubt, daß ich seinetwegen gekommen sei. Erst hat er nach mir gerufen und dann ist er hinter mir hergerannt, ich hörte seine Schritte und überlegte, ob ich weglaufen oder auf ihn warten sollte – da hielt ein Bus gerade neben mir, der Schaffner lächelte mich an wie ein rettender Engel und hielt mir die Hand hin, um mich auf die Plattform hochzuziehen. Ich zögerte einen Augenblick, eine Sekunde nur horchte ich auf die näher kommenden Schritte – da fuhr der Bus an, und eine sanfte Hand legte sich auf meine Schulter. Einen Monat später war ich immer noch in Paris und schwanger« – an dieser Stelle wird Mamas Lächeln jedesmal wehmütig – »und ich habe bis heute keinen Fuß auf britischen Boden gesetzt. Und Englisch kann ich auch kein Wort.«

»Mama«, sage ich dann immer, »jetzt verrate mir doch endlich: Was hat Papa auf die Ansichtskarte geschrieben?«

Und hier wird ihr Lächeln zu einem triumphierenden Strahlen. »Mein Sohn, das geht dich rein gar nichts an. Nur soviel: Es war etwas Schönes. Etwas sehr, sehr Schönes.«

Albrecht Goes

Altweibersommer

Die Weiber packen ihre Sommersachen
Noch einmal aus.
Auf der Bank vor dem Haus
Und am Rand der Allee
Sieht man sie sitzen und stricken und lachen.
Nun tut die Sonne nimmer weh.
Eine sagt vor sich hin: ich seh
Silberne Fäden inmitten des Blaus –

– Während die Buben die Schnur an dem Drachen
Immer länger und länger machen.

Siegfried Lenz

Drachensteigen

Sie saßen bereits in der großen Wohnstube, bei meinem Eintritt sprangen sie auf und zeigten mir die beiden langschwänzigen Papierdrachen, die der Chef heimlich für diesen Tag gemacht hatte, bunt bemalte Drachen mit breiten, lachenden Mündern, mit Clownsbacken und Schielaugen. Es waren die größten Drachen, die ich je gesehen hatte, und die Schnurknäuel waren so dick, daß man sie in beide Hände nehmen mußte. Wer mit wem, wer gegen wen? Ina wollte, das war klar, nur mit Rolf gehen, mit ihm, der überall neben ihr sitzen mußte, für den sie unablässig ein Auge hatte, aber dann wetteten sie, und Rolf mußte mit Elma gehen, und die andere Partei, das waren Ina und ich.

Nur ein paar Schritte Anlauf auf der Wiese hinterm Kollerhof, und der Wind preßte das Pergamentpapier gegen das leichte Holzkreuz, die Drachen stiegen, pendelten zuerst, beruhigten sich mehr und mehr in der Höhe, getrimmt von den schwingenden Papierschwänzen.

Wir steckten Schnur nach, die Drachen stiegen und stiegen, und je höher der Wind sie trug, desto schwerer war es, sie zu halten; doch obwohl unsere Hände schon brannten, trieb Ina mich an, die Schnur schneller abzuwickeln, unser Drachen sollte am höchsten stehen, wir sollten gewinnen. Ihr Eifer steckte mich an, alles, was sie sich wünschte, wünschte auch ich mir, und gemeinsam rissen wir die Schnur vom Knäuel, Hand über Hand, wir stützten einander, hielten uns ganz fest und bewahrten einander davor, zu straucheln, und bevor ich ins Haus lief, um ein neues Knäuel zu holen, band ich ihr das Ende der Schnur um den Bauch und verknotete es, und dabei legte Ina mir beide Arme um den Hals und sagte nur: Schnell, Bruno, schnell, wir müssen gewinnen. Wenn wir uns in die Augen sahen, dann freuten wir uns, und wenn ich sie festhielt, dann wollte ich sie gar nicht mehr loslassen, und sie war einverstanden damit. Sie wollte gewinnen, sie wollte, daß unser Drachen am höchsten stieg, daß er die meiste Post bekam – durchlöcherte Pappstücke, die der Wind an der Schnur hinauftrieb, so weit es ging; einmal stürzte und überschlug er sich und hätte sich beinahe in der Überlandleitung verfangen, aber auf ihr hastiges Kommando rannten wir los und brachten Wind unter den taumelnden Drachen, so daß er wieder auftrieb und sich pendelnd über den Kollerhof erhob.

Manchmal war ihr Gesicht gar nicht zu sehen, weil der Wind ihr Haar verwehte, verblies, ihr schimmerndes Haar. Manchmal rutschte ihr Kettchen aus dem Halsausschnitt, und ich konnte den Bernsteintropfen erkennen mit den fünf eingeschlossenen Insekten. Daß sie sich abstemmen konnte mit ihren dünnen Schenkeln, das hätte ich ihr gar nicht zugetraut. Wenn es nach mir gegangen wäre, hätten wir den Drachen nicht einzuholen brauchen, doch Dorothea rief uns alle zum Essen hinein, und wir bargen und rollten die Schnur auf, und Ina ging neben mir ins Haus.

Günter Eich

Septemberliches Lied vom Storch

Die Sonne brennt noch überm Luch,
vom Grummet weht der Grasgeruch,
die Beere kocht im Brombeerschlag
und lang noch steht die Sonn' im Tag.

Er aber glaubt nicht mehr ans Jahr,
der auf dem First zu Hause war.
Nach Süden schwang sein Flügelschlag,
steht lang auch noch die Sonn' im Tag.

Die Frösche quarren doppelt hell,
die Maus zeigt unbesorgt ihr Fell.
Der ihnen auf der Lauer lag,
er schwang sich fort vor Tau und Tag,

obgleich noch wie im Sommerwind
die Spinne ihre Fäden spinnt,
die Mücke tanzt im Weidenhag
und lang noch steht die Sonn' im Tag.

Adalbert Stifter

Im Herbstwald

Und die alte Ruhe war wieder über dem Walde. – – Zuweilen, wenn das silberne Schiff, die Wolke, einzeln durch die Bläue zieht, so geht unten ein Schatten über den Wald, und dann steht wieder dasselbe feste Licht auf seiner ganzen Breite – – oder wenn das Stahlgrau des Spätherbstes fest über die ganze Himmelskuppel gegossen liegt, so tritt ein Sonnenstrahl heraus und küsset aus dem fernen Buchenhange ein goldnes Fleckchen, das gegen den Rand zieht und von ihm unsichtbar in die Luft tritt, nachher ist dasselbe Grau über alle Weiten. Und so war es mit den Schwestern.

Sonnen waren wieder gekommen und waren wieder gegangen, aber sie wurden immer kürzer und kühler. Gregor traf allerlei Vorkehrungen. Das Tor an den Pflöcken stand nachgerade wieder offen, weder gesperrt noch eingeklinkt, und die Mädchen konnten wieder auf ihrer Wiese weit und breit gehen, und sie taten es auch. – Am Hause sammelte sich gemach eine Schicht Brennholzes nach der andern, von den Knechten aus den Gaben des Waldes gelesen; denn Gregor ließ nicht zu, daß ein frischer Baum gefällt werde – eine Mooshülle begann man über die Wände zu weben, das Winterkleid des Hauses. – Der zarte, schwerfällige Sohn des Spätjahres hatte sich bereits eingestellt, der Nebel, und oft, wenn die Schwestern an der noch immer sonnenwarmen Wand ihrer Felsen saßen, die einzelnen Glanzblicke des Tages genießend, so wogte und webte er draußen, entweder Spinnweben über den See und durch die Täler ziehend oder silberne Inseln und Waldesstücke durcheinanderwälzend, ein wunderbar Farbengewühl von Weiß und Grau und der roten

Herbstglut der Wälder; dazu mischte sich die Sonne und wob heiße, weißgeschmolzne Blitze und kalte, feuchte, blaue Schatten hinein, daß ein Schmelz quoll, schöner und inniger als alle Farben des Frühlings und Sommers. Und wenn die Mädchen dann so schweigend hinaussahen, so rieselte es neben ihnen leise, und ein oder zwei blutrote Blätter des Waldkirschbaumes fielen zu ihren Füßen. Sie saßen da und sahen selber herbstlich trauernd dem Schauspiele zu, ahnend, wie majestätisch der Winter hier sein müsse, da sich ihm ihre Wildnis mit solcher Feierlichkeit und Stille entgegenrüste.

Christian Morgenstern

Blätterfall

Der Herbstwald raschelt um mich her …
Ein unabsehbar Blättermeer
entperlt dem Netz der Zweige.
Du aber, dessen schweres Herz
mitklagen will den großen Schmerz –
sei stark, sei stark und schweige!

Du lerne lächeln, wenn das Laub,
dem leichten Wind ein leichter Raub,
hinabschwankt und verschwindet.
Du weißt, daß just Vergänglichkeit
das Schwert, womit der Geist der Zeit
sich selber überwindet.

Peter Hille

Herbstseele

So eine herbstfrische Waldluft. Und so ein Mutwill stöbert unter dem bunten Laub wie Knabenstiefel sich freuen, die purpurne Brandung und heiter zu empören.

So ein jubelnder Mutwill unter all diesen fallenden Kronen, diesen wildwachsenden Blutstropfen sterbenden Jahres!

Und jeder Blutstropfen schön gestaltetes Schweben. Und so frank und frei, ein unbetrübsames, himmlisches Lachen so frank und frei in all den niedlich Wichtigen da. Was war und verging, ein goldener Schatz in wölbendem Blau und frank und frei und gütig nah ist es, freundlich und hat nicht teil, und himmelstolz und höheneigen schaut es weich hinaus und immer tiefer blau.

Marcel Proust

Spaziergang im Bois de Boulogne

Diese Mannigfaltigkeit des Bois de Boulogne, die ihn zu einer künstlichen Stätte und im zoologischen oder mythologischen Sinne einem Park oder Garten macht, wurde mir in diesem Jahre wieder bewußt, als ich ihn durchschritt, um zum Trianon zu gehen; es war an einem der ersten Vormittage im November, wo in den Häusern von Paris die gleichzeitige Nähe und Abwesenheit des Herbstes, dessen Schauspiel so schnell vorübergeht, ohne daß man ihm beiwohnt, eine Art von Heimweh, ein Fieber von fallenden Blättern erzeugt, das einen am Schlaf hindern kann. In meinem Zimmer, hinter geschlossenen Fenstern, sehnte ich mich nach ihrem Anblick so sehr, daß sie zwischen meinem Denken und den beliebigen Gegenständen, mit denen ich mich beschäftigte, eine Art Schicht bildeten und wie jene gelben Flecke wirkten, die manchmal, wohin wir auch schauen mögen, vor unseren Augen tanzen. An jenem Morgen, als ich nicht mehr wie an den vorhergehenden Tagen den Regen rauschen hörte, sondern das schöne Wetter in den Ecken der geschlossenen Vorhänge lächeln sah wie die Winkel eines zugepreßten Mundes, der dennoch das Geheimnis seines Glückes nicht für sich behalten kann, hatte ich deutlich gespürt, daß ich jene gelben Blätter sicherlich vom Licht durchstrahlt in höchster Schönheit werde sehen können; ich konnte es ebensowenig aushalten, nicht alsbald die Bäume anschauen zu gehen, wie einst, wenn der Sturm allzu stark in meinem Schornstein tobte, nicht an das Meer zu reisen, und hatte mich durch den Bois de Boulogne auf den Weg zum Trianon gemacht. Es war die Stunde und die Jahreszeit, in der der Bois vielleicht am mannigfaltigsten wirkt, nicht nur weil er stärkere Unterteilungen erkennen läßt, als vielmehr weil es andere sind als sonst. Selbst an den offenen Stellen, wo man eine gewisse Weite überblickt, schien hier und da gegenüber von fernen düsteren Massiven von Bäumen, die keine Blätter mehr oder noch ihr Sommerlaub hatten, eine doppelte Reihe orangefarben leuchtender Kastanien wie in einem erst angefangenen Bild allein von dem Künstler fertiggestellt zu sein, der das übrige noch nicht in Farben angelegt hatte, und säumte eine in vollem Lichte daliegende Allee als künftigen Spazierweg für Personen, die erst später hinzugefügt werden sollten, ein.

Etwas weiter fort, wo die Bäume noch ganz mit grünem Laub bedeckt waren, schüttelte ein einziger, kleiner, kurzer, gestutzter, eigensinniger Stamm im Wind seine struppige rote Mähne. An anderen Stellen war schon etwas wie das erste Erwachen dieses Maienmonds der Blätter im Gange, und die einer köstlichen, lächelnden Ampelopsis standen seit dem Morgen schon wie ein herbstlicher Rotdorn in voller Blüte da. Der Bois aber bot den provisorischen oder künstlichen Anblick einer Baumschule oder eines Parks, in dem man aus botanischem Interesse oder als Vorbereitung für ein Fest mitten zwischen den noch stehengebliebenen Bäumen einer gewöhnlichen Art zwei oder drei Vertreter einer kostbaren Gattung mit phantastischem Laubwerk eingesetzt hätte, die um sich eine Leere schaffen, Luft spenden und Licht verbreiten. So war dies die Jahreszeit, in der der Bois de Boulogne die größte Verschiedenheit der Substanzen aufweist und in vielfältiger Kombination deutlich abgegrenzte Einzelpartien zeigt. Auch die Stunde half dabei mit. An den Stellen, wo die Bäume noch ihren Laubschmuck trugen, schienen sie eine stoffliche Veränderung von der Linie an zu erfahren, wo die Sonne sie traf, horizontal am Morgen und dann noch einmal einige Stunden später, wenn sie im Augenblick der beginnenden Dämmerung sich wie eine Lampe entzündete und von fernher auf das Blätterwerk einen künstlichen, sengenden Lichtschein fallen ließ und die höchsten Spitzen eines Baumes, der selbst der unverbrennliche, farblose Kandelaber seines lodernden Wipfels blieb, in Flammen zu setzen schien.

Klaus Groth

Noch ist der liebe Wald so grün

Noch ist der liebe Wald so grün
Und Meer und Himmel blau.
Wenn Vöglein doch gen Süden fliehn,
Wenn ferne die Gedanken ziehn –
Warum? wer sagt's genau?
Es muß doch eine Sonne sein,
Ein Himmelblau, ein Sternenschein,
Das tief der Sänger Herzen rührt
Und ach! sie ferne führt.

Franz Hohler

Herbsttag

Hoch oben am Südhang eines Tessiner Tals sitzt ein ergrauter Mann mit einem zehnjährigen Mädchen bei einer Quelle im Gras. Die Röhre, welche sonst in ein Emailbecken mündet, in dem stets ein flacher Granitstein eine Bierdose beschwert, hat der Mann in die Öffnung seines Kunststoffkanisters gesteckt. Ein dünner Wasserstrahl plätschert hinein, und der Mann und das Mädchen schauen zu, wie sich der Behälter langsam füllt. Vor ein paar Jahren hat ein Nachbar diese Röhre in den Boden getrieben und damit das wunderbar kühle Wasser gefasst. Das Mädchen ist zum ersten Mal hier und schlägt einen Namen für diesen Ort vor: »Quelle, die den Durst löscht.« Der Ergraute, den wir Großvater nennen können, ist einverstanden.

Weit unten glänzt silbern das Restwasser des Flusses, der dem Tal den Namen gegeben hat. Weit oben hinterlässt ein Flugzeug zwei Kondensstreifen.

»Wohin fliegt es?« fragt das Mädchen.

»Nach Rom«, sagt der Großvater, »oder weiter.«

»Helikopter sind auch Flugzeuge«, sagt das Mädchen.

»Sie fliegen, aber eigentlich nennt man sie nicht Flugzeuge.«

»Doch«, sagt das Mädchen, »Helikopter gehören zu den Flugzeugen, so wie Orangen und Äpfel zu den Früchten gehören.«

Der Großvater hält den Kanister etwas steiler, damit sich dieser ganz mit Wasser füllen kann.

»Meinetwegen«, sagt er, »es ist richtig gedacht.«

»Es ist nicht nur richtig gedacht, es *ist* richtig«, sagt das Mädchen, das wir Enkelin nennen können.

»Also gut«, antwortet der Großvater, »es ist bloß so: wenn du Flugzeug sagst, denkt kein Mensch an Helikopter.«

»Ja, aber wenn ich Frucht sage, denkt auch kein Mensch an Orange«, fährt das Mädchen fort. »Haben wir noch Äpfel?«

»Ja«, sagt der Großvater, »in der Hütte.«

Er zieht den vollen Kanister unter der Röhre hervor und schraubt den Deckel zu. Dann steckt er ihn in ein Babytraggestell, schwingt sich dieses auf den Rücken, und zusammen steigen sie die kurze Strecke zu ihrer Alphütte hinauf.

Die Enkelin liest unterwegs Kastanien auf und steckt sie in eine Plastiktüte. Der Großvater ermahnt sie, nur solche zu nehmen, die ganz aus der Schale gesprungen sind, sonst zersteche sie sich die Finger. Als die Enkelin »Au!« ruft und der Großvater »Hab ich dir's nicht gesagt?« sagt, meint sie: »Ja, aber so groß wie die war keine!«

Später sitzt die Frau mit den weißen Haaren mit dem Mädchen auf einer Wiese vor der Hütte und erzählt ihm das Märchen vom Zwerg Nase.

Der Mann sägt einen Kastanienbaum um, der direkt neben der Hütte emporgewachsen ist. Im Falle eines Waldbrandes, das weiß er, würde dieser Baum die Hütte gefährden.

»Hast du dich beim Baum entschuldigt?« hat ihn seine Frau gefragt, und da hat er ihn gerühmt für den Schatten, den er warf, und ihm erklärt, warum er hier nicht bleiben könne. Dann sägt er ihn in drei Malen ab. Erstaunlich hoch ist er gewachsen, erstaunlich stark ist das Knarren, als sich das obere Stück neigt, und erschreckend laut sein Krachen, als er zu Boden stürzt.

Der Mann kocht eine Suppe aus Brennnesseln, welche er mit Handschuhen gepflückt hat. Die Enkelin wundert sich, dass es sie im Mund nicht brennt.

Sie sitzen im Freien am Tisch unter dem mächtigen alten Kastanienbaum. Ab und zu fällt eine Kastanie herunter und prallt mit einem lauten Geräusch auf dem Boden auf. Als plötzlich eine Kastanie den Großvater an der Schulter trifft, erschrickt er, während die Frau und das Mädchen in ein fröhliches Gelächter ausbrechen.

»Wartet nur«, sagt der Großvater, aber es passiert nichts mehr.

Am Nachmittag baut die Frau mit den weißen Haaren, die wir auch Großmutter nennen können, mit dem Mädchen zusammen ein Hotel für Zwerge, im verwitterten Wurzelstock eines mindestens hundertjährigen Kastanienbaums. Aus kleinen Granitsteinchen werden Stufen gebaut, die zu verschiedenen, mit Farn ausgelegten Gemächern führen. Für ärmere Zwerge gibt es Zimmer mit runden Käseschachteln, dort können sie alle zusammen schlafen, für reiche Zwerge gibt es Zimmer mit Streichholzschachteln als Einzelbetten. Gewisse, besonders exklusive Zimmer sind nur mit kleinen Strickleitern erreichbar.

Gegen Abend brät der Großvater Kastanien auf einem Rost über dem offenen Feuer, und zum Nachtessen kocht die Großmutter Nudeln mit Gemüse. Der Tisch wird mit vier Kerzen erhellt.

Danach setzen sie sich zu dritt auf die Wiese neben der Hütte. Es ist dunkel, die ersten Sterne blinken am Himmel auf, die roten Positionslichter eines Flugzeugs sind unterwegs nach Rom. Der Mann und die Frau singen dem Mädchen zuerst »Abendstille überall«, und danach »Der Mond ist aufgegangen.«

Dann kriechen sie in ihre Schlafsäcke und hören beim Einschlafen den klagenden Ruf des Nachtkauzes. Manchmal erschrecken sie, wenn draußen eine Kastanie herunterfällt und auf dem Laubboden noch zwei, drei Sprünge talwärts macht, so dass man das Gefühl hat, es gehe jemand ums Haus herum. Aber es dauert nicht lange, und sie schlafen alle drei.

Lou Andreas-Salomé

Ein Anflug von Sommerschönheit

Die Blätter fielen.

Aus den Wipfeln der alten breitästigen Linden, die mitten im Dorf die Kirche umstanden, sank ein Blatt nach dem andern über die niedrige Mauerbrüstung des Kirchhofs hinab. Schon war der Spätherbst weit vorgerückt, und nur die selten günstige Witterung hatte dem nordischen Oktober noch einen Anflug von Sommerschönheit gelassen. Reiche Farbenpracht verhüllte das stille Welken ringsumher und breitete sich darüber aus wie ein in Gold und Rot gesticktes Feierkleid.

Hilde Domin

Herbstaugen

Presse dich eng
an den Boden.

Die Erde
riecht noch nach Sommer,
und der Körper
riecht noch nach Liebe.

Aber das Gras
ist schon gelb über dir.
Der Wind ist kalt
und voll Distelsamen.

Und der Traum, der dir nachstellt,
schattenfüßig,
dein Traum
hat Herbstaugen.

Der Herbst ist ein Fest

Obstlied

Wohl ist der Herbst ein Ehrenmann;
Er bringt uns Schnabelweide.
Auch Nas' und Auge lockt er an,
Und überspinnt thalab bergan,
Das Feld mit bunter Seide!

Schon lange lüstert uns der Gaum,
Aus seinem Korb zu naschen!
Wann reift doch Apfel, Pfirsch' und Pflaum'!
Oft sehn und hören wir im Traum,
Wie's niederrauscht, und haschen.

Schaut auf, und jubelt hoch im Tanz,
Wie sich die Bäume färben!
Gelb, roth und blau in buntem Glanz!
Er kommt, er kommt im Asterkranz,
Der Herbst mit vollen Körben!

Johann Heinrich Voß

Peter Rosegger

Das Herbsteinschnalzen

»Barthelmei ist der Sommer vorbei!« sagt der Bergländer, und vergönnt sich für diesen weisen Spruch einen doppelten Zug aus seiner Pfeife.

Am Tage des heiligen Bartholomä feiert er den Anfang des Herbstes.

Wie es in der Legende steht, ist er lebendig geschunden worden, der heilige Bartholomä. Darum hat der arme, vielgeplagte und steuerüberladene Bergländer diesen heiligen Schicksalsgenossen zu seinem Lieblingspatron erwählt.

Ist ein guter Mann, der heilige Bartholomä. Die unausstehlich langen Tage zwickt er ein wenig ab und legt das abgezwickte Stück der Nacht zu. Das taugt den Leuten, die sich ihre harten Arbeitsstunden von der Sonne müssen vorschreiben lassen und nicht von der Uhr.

Zu Bartholomä sind die Flitterwochen der Sonne mit der Erde zur Neige, ihre glühende Liebe hat ausgebrannt, das Verhältnis wird ein kühleres. Die Hundstage sind vorüber; die gefährlichen Märzennebel, die »nach hundert Tagen gewitterschwer losbrechen«, längst verpufft; die »Donnerkeile« zum größten Teile verschleudert für ein ganzes Jahr. Die Luft weht aus dem Hochgebirge; die Blätter der Eschen, Ahorne und Buchen werden falb, und die halblahmen Hummeln machen sich an die verspäteten Herbstblumen und Nesselgesträuche. Den Vögeln ist die Lust zum Singen vergangen, die halten Umschau in alten hohlen Bäumen. Die Schwalben versammeln sich auf dem Kirchturmdache und kreisen mitsammen noch mehrmals laut zwitschernd über dem Dorfe, und plötzlich sind sie nicht mehr da und die Katze erklimmt umsonst das Dachgesimse und schielt verdrießlich in das leere Nest. In der Gegend wird es still; die Sonne zieht träge, es wächst nichts auf, es fällt nichts ab. Es ist, als habe der liebe Gott vergessen, die Welt aufzuziehen, da will sie stehenbleiben. – Ja, die Zeit spann Herbstfäden und ist beim Rocken eingeschlafen, hat einmal einer gesagt.

Es wird aber doch anders. Es naht die kalte, trübe, winterliche Zeit.

Darob grämt sich nun die Wiese und das Feld die lange, frostige Nacht hindurch, und am Morgen, wenn die Sonne aufgeht, legt keines mehr den funkelnden Diamantenschmuck des Taues an – grau sind alle Halme und Blätter geworden über Nacht. Auf den Wiesen und Heidegründen liegt der Reif. Selbst das höchstgelegene Haferfeld, gestern noch grünlich, von keinem Schnitter beachtet, hat sich über Nacht gebleicht und wartet nun der Sichel und sehnt sich nach der schützenden Scheune. Aber das Kornfeld bleibt am ersten Herbsttag vereinsamt.

»Sichel zu Bartholomä tut dem Mehlsack weh«, sagt der Bauer und nimmt sich einen doppelten Zug aus der Pfeife und läßt das Korn auf dem Felde, wie es Gott erschaffen hat, und hält Feiertag mit seinem Gesinde.

So ganz Feiertag eigentlich nicht. Ein gut Stück Arbeit ist heute zu verrichten. Den kräftigen Knechten obliegt es, *den Herbst einzuschnalzen, den Winter einzuläuten.*

Es ist eine alte Sitte, besonders in der nordöstlichen Steiermark, man weiß ihren Ursprung kaum; haben sie den Wolken das Rollen und Krachen und Hallen abgelauscht, und wollen sie es zu ihrer Ehre fortsetzen in herbstlicher Zeit, da die Donner des Hochsommers verstummt sind? – Oder wollen sie mit den Riesenpeitschen die bösen Geister vertreiben aus den Lüften, damit der Spätsommer von ihrem schädlichen Wirken verschont sei?

Heut' keines von beiden mehr; in den wenigen Gegenden

der Alpen, wo das »Schnalzen« doch noch im Schwunge ist, geschieht es der Lust und der Unterhaltung und des »Hallodrias« wegen. Das ganze Haus ist auf, und die Alten schmunzeln und die Kinder jubeln, wenn die »Schnalzgeißeln« aus der Hinterkammer hervorgeholt und zubereitet werden.

Die Schnalzgeißel ist eine riesige Peitsche aus Hanfgarn, welche an einem Ende, das an dem kurzen, derben Stiele hängt, fast die Dicke von zwei Zoll hat, sich aber weiter hinaus immer verjüngt und am anderen ganz dünnen Ende mit einer Seidenfranse ausläuft. Diese Peitsche ist nicht selten mehrere Klafter lang, und damit sie auch die dem Zwecke entsprechende Schwere hat und sich nicht lockern kann, wird sie reichlich mit Harz überzogen. Mancher Bursche läßt das Tabakrauchen bleiben, damit er sich eine Schnalzgeißel kaufen kann. Und wenn der Bauer zur Leihkaufzeit von seinem neuen Knecht zu wissen verlangt, wie schwer dessen Schnalzgeißel ist, so frägt er eigentlich nach nichts anderem, als nach dem Kraftmaße seines künftigen Arbeiters. Und ist ein Junge so weit gediehen, daß er eine ordentliche Schnalzgeißel zu handhaben vermag, so wird er nicht bloß dem Arbeitsgeber angenehm, sondern auch dem Weibervolke.

Nun trachten wir, daß wir das Spiel selbst sehen. Hier ist weiches Gras und der Schatten eines Kirschbaumes darüber; der gastliche Tannhuberhof ist nahe, hier wollen wir uns niederlassen und den drei Burschen zusehen, die dort gegen die Anhöhe emporsteigen und sich auf derselben in einer gewissen Entfernung voreinander aufstellen.

Jeder hat eine Schnalzgeißel in der Hand; die kleinste trägt der Halterbub, die größte handhabt der Großknecht. Dieser hebt an. Er faßt den derben Stiel fest in seine beiden Hände und beginnt ihn zu schwingen. Die Geißel hebt sich in langsamen Schlangendrehungen vom Boden – ein paar Windungen, ein paar Kreise in der Luft über dem Haupte, noch eine raschere Schwingung des Handstabes und ein pistolenschußähnlicher Knall entfährt dem Seile und hallt vielfach in den Bergen.

Das ist das erste Zeichen. Noch ein zweiter Knall, daß wieder die Wälder gellen und die Felsen.

Hierauf rüsten sich auch die übrigen Burschen, und das Schnalzen beginnt.

Den Anfang macht jetzt der Halterbub mit der kleinsten Geißel, dieselbe gibt den hochtönendsten Knall. Nun fällt die mittlere ein, und endlich kracht die des Großknechtes dazu. So knattert es nun in langsamem, gleichmäßigem Takte, wie Glockenläuten, oft mehrere Minuten lang in einem fort, und dazwischen rauscht und verwebt sich der vielstimmige Widerhall von den Wäldern und Felswänden – wunderlich zu hören.

Theodor Storm

Und sind die Blumen abgeblüht

Und sind die Blumen abgeblüht,
So brecht der Äpfel goldne Bälle;
Hin ist die Zeit der Schwärmerei,
So schätzt nun endlich das Reelle!

Peter Kurzeck

So ein milder Herbst

Im Oktober, Altweibersommer auf jedem Weg und mittags die Bienen noch summend zugang in den Gärten; es ist dir wie kaum einen Augenblick her, seit die Pflaumen, die Äpfel und Birnen reif sind geworden. Die Frauen haben sich noch einmal umständlich Tische und Bänke aus Anbau und Schuppen geholt und ihre handlichen kleinen Verrichtungen auch aus dem Haus heraus, so ein milder Herbst. In den Ästen hängen die Kinder. Wir hören das Gras wachsen und sehen sie reifen, die Früchte an jedem Baum. Mindestens ein Kind in jedem Baum, immer höher hinauf. Nur die ganz Kleinen kriechen nicht weit vom Stamm zwischen Wespen und Fallobst im Gras. Die ganz Kleinen, am liebsten wollen sie die ganze Welt in den Mund nehmen und immerfort daran suckeln! Süß und ewig, die Welt und die Zeit, es ist ihnen alles eins. Es ist ihr erster oder zweiter irdischer Sommer gewesen, der geht jetzt, sie hören nicht auf zu staunen. Sogar die Großmütter werden sich über Mittag noch einmal zusammengerappelt haben: kommen heraus, legen um sich herum bedächtig die Haustracht in Falten und kämmen die Schultertuchfransen zurecht und lächeln und blinzeln, so ein sonniger Frieden noch einmal. Strickzeug und Obstkörbe; gleich bleibt sie stehen, die Zeit: eingeschlafen. Wie Abzählreime sind jetzt diese Tage. Die Mädchen mit ihren Puppenwagen und Löwenzahnketten sitzen gesetzt bei den Müttern und Großmüttern oder sammeln das Fallobst auf und sollen dabei an ihre Schürzen denken, an die Ohrfeigen denken. Das halbe Dorf wird sich Mittag für Mittag unter den Bäumen einfinden, immer noch einen Tag: wie auf einem Bild, das du kennst, wie in einem Sommerlager; die Frauen und Kinder, heißt das. Wie Vögel in hellen Scharen fliegen die An- und Zureden hin und her über die Hinterzäune und Graswege. Der Wind ist eingeschlafen. Wir hätten sollen den ganzen vergangenen Sommer jede Minute einzeln so auskosten und genießen! Mindestens ein Kind in jedem Baum, nicht selten drei oder vier: hängen so an die Äste geklammert, lassen reglos sich treiben in lichter Höhe und spüren den festen Halt als verlängerte Seligkeit zwischen den Beinen, Buben und Mädchen, die Augen voll Himmel. Die übervollen Äste mit Bohnenstangen und schadhaften Leitern gestützt, jeder Apfel lächelt der Sonne zum Dank sein eigenes Lächeln. Noch kein Jahr hat uns Früchte soviel verheißen. Fünf Sorten Pflaumen in jedem Garten, die größten die Eier- und Paradiespflaumen: so süß, daß die Wespen rein süchtig werden danach. Wir fühlen uns selbst wie die Vögel so leicht, ganze Tage jetzt in den Bäumen. Dann wieder hast du langhin im Gras gelegen, derweil die Welt sich kopfüber zu dir geneigt hat, ein Bild, ein bestickter Teppich, dessen Grund und Mitte allzeit der Himmel. Wie Seide, jeder Augenblick eine leuchtende Ewigkeit. Ist also noch einmal stehengeblieben, die Zeit. Bis auf den Abend hin die Männer von der Arbeit heimkommen, die ersten, mit Aktentaschen und Fahrrädern. Und fangen auch schon an, mit Mistgabel, Besen und Rechen das Unkraut und Reisigzeug zusammenzusammeln, bedächtig. Schritt für Schritt, Schuhe mit Stahlkappen, schwere Werkschuhe an den Füßen, damit uns das Gehen nix kostet. Und zünden die ersten Feuerchen an. Besonders die Greise sind es, die sich an diesen Feuerchen freuen und wissen viel davon herzumachen. Mit großsprecherischen Verkündigungen und fahrigen Gesten. Als ob sie sie jedesmal neu erfinden, als ob sie es sind, die der Menschheit das Feuer bringen, uns Erdenvolk. In ihren verblichenen blauen und grünen Gartenjacken. Eine richtige Wissenschaft tun sie daraus machen, eher noch eine Religion; im Rauch geht die Sonne unter.

Jan Wagner

18 (quittenpastete)

wenn sie der oktober ins astwerk hängte,
ausgebeulte lampions, war es zeit: wir
pflückten quitten, wuchteten körbeweise
  gelb in die küche

unters wasser. apfel und birne reiften
ihrem namen zu, einer schlichten süße –
anders als die quitte an ihrem baum im
  hintersten winkel

meines alphabets, im latein des gartens,
hart und fremd in ihrem arom. wir schnitten,
viertelten, entkernten das fleisch (vier große
  hände, zwei kleine),

schemenhaft im dampf des entsafters, gaben
zucker, hitze, mühe zu etwas, das sich
roh dem mund versagte. wer konnte, wollte
  quitten begreifen,

ihr gelee, in bauchigen gläsern für die
dunklen tage in den regalen aufge-
reiht, in einem keller von tagen, wo sie
  leuchteten, leuchten.

Wilhelm Raabe

Ländliche Idylle

Es war eine sehr vergnügte Zeit; allein vorüber mußte auch sie gehen. Allmählich verklang das Schärfen der Sensen, das Rufen und Singen der Arbeiter und Mägde auf den Feldern von Krodebeck. Die Felder wurden leer, und Wagen auf Wagen schwankte zum Dorfe hinab. Endlich kam der Abend, an welchem die letzten Garben auf den letzten Wagen geladen wurden und auch diese Ernte vollendet war.

Der Morgen war sonnig und heiß wie gewöhnlich gewesen; gegen Mittag hatte sich ein leichter Dunst über das Land gelegt, und als am Abend die bebänderte, mit Goldflittern und künstlichen und wirklichen Blumen geschmückte Erntekrone auf der höchsten Garbe des letzten Erntewagens aufgepflanzt wurde, änderte sich die Atmosphäre in eigentümlicher Weise. Über den Wald im Westen schob sich ganz plötzlich eine seltsame gelbliche Wand empor, in welche die Sonne, eine feurig rote Kugel, hinunterglitt. Mit ungemeiner Schnelligkeit wogte der Dunst heran: der Höhenrauch verhüllte die Ferne und die Nähe, legte sich schwer und betäubend auf Augen und Hirn und machte sich den Lungen so sehr bemerklich, daß selbst die stattlichen, starken Gäule des Lauenhofes in ihren Geschirren unruhig wurden, die Köpfe in die Höhe warfen und laut und unmutig schnoben.

Natürlich sah auch das Volk von den Stoppeln auf und umher, und alle tauschten die uralten Bemerkungen, Fragen und Antworten über den geheimnisvollen Dunst und Nebel aus; allein der Schleier, der sich über die geleerten Felder legte, fiel nicht zugleich über ihre Seelen. Im Gegenteil schien er den halben Rausch, in welchem sie sich alle befanden, nur noch zu erhöhen. Sie schrieen und jauchzten und umtanzten die Wagen; sie jagten einander durch den wehenden Duft. Der Pastorenfranz lief den kreischenden Mägden nach, und Hennig hob, wie ein junger Herkules auf der Deichsel zwischen den Pferden stehend, in seinen starken Armen Antonie als Erntekönigin auf den für sie bereiteten Sitz, gerade unter der bunten, bebänderten Krone. Was für Wetter der Höhenrauch auch bedeuten mochte, der Segen des Landes war vor allen bösen Mächten in Sicherheit gebracht, und der größte und höchste Jubeltag des Bauern war nach langem, hartem Mühen zwischen Furcht und Hoffnung dem Jahre abgewonnen.

Noch lag die gelbrote Kugel in dem gelben Dunst, und etwas Schöneres als das Gesicht der Erntekönigin auf dem schwankenden Sitz in diesem magischen Lichte gab es nicht auf Erden. Und sie allein blieb in ihrer freundlichen Ruhe unter den vielen aufgeregten Menschen. Still lächelnd blickte sie von ihrem hohen Sitze hin über das Land, über all die leeren Felder. Das Lächeln verschwand, die Sonne ging unter, mit einem Male hatte der unheimliche Rauch, der sich auf die Fluren von Krodebeck gelagert hatte, die rechte Färbung angenommen: alles Bunte und Leuchtende versank in dem trüben Grau, der Horizont verengerte sich mehr und mehr, und lachend rief Hennig von Lauen zu der Spielgenossin hinauf:

»Hallo, Tonie, ist das nicht, als ob der Herbst dem Sommer die Lichter ausbliese? Wie schade, daß der Ritter und das Frölen zu Hause sitzen, wir kommen dadurch um einen ganzen Sack voll Philosophie und Klagelieder Jeremiä! Munter, sagt meine Alte; jetzt geht's nach Haus, nun schreit euch alle aus und bringt dem guten Jahr ein Vivat; nachher tanzen wir in den Winter hinein!«

Das Wort ließ sich niemand unter den Ernteleuten zum zweiten Male sagen. Sie schrieen allesamt mächtig und aus sehr gesunden Lungen, und dreimal hallte die Gegend von ihrem Hochrufen wider.

Nun schwang sich Hennig auf den Sattelgaul, die Knechte und Mägde ordneten sich zum Zuge vor und hinter dem Wagen. Das schwere Viergespann zog an; tief in den Ackerboden unter der schweren Last einschneidend, drehten sich knarrend die Räder, und von den Stoppeln schwankten die letzten Garben dem Feldwege zu, der nach dem Dorfe hinabführte.

Conrad Ferdinand Meyer

Fülle

Genug ist nicht genug! Gepriesen werde
Der Herbst! Kein Ast, der seiner Frucht entbehrte!
Tief beugt sich mancher allzureich beschwerte,
Der Apfel fällt mit dumpfem Laut zur Erde.

Genug ist nicht genug! Es lacht im Laube!
Die saftge Pfirsche winkt dem durstgen Munde!
Die trunknen Wespen summen in die Runde:
»Genug ist nicht genug!« um eine Traube.

Genug ist nicht genug! Mit vollen Zügen
Schlürft Dichtergeist am Borne des Genusses,
Das Herz, auch es bedarf des Überflusses,
Genug kann nie und nimmermehr genügen!

Norbert Johannimloh

Katinka und der Kartoffelrankenrauch

Rundherum schwelende Haufen von Kartoffelranken. Der Rauch stieg nicht zum Himmel auf, kroch träge durch die Furchen, breitete sich sehr langsam aus und hüllte den Acker in eine Qualmdecke. Die Kartoffelauskratzerinnen, die auf den Knien hinter dem Pflug herkrochen, waren vom Rauchmantel rings umgeben. Manchmal husteten sie und richteten sich kurz auf, rieben sich die Augen mit den Ärmeln und sahen, daß oben die Sonne schien. Nicht strahlend und warm, aber Sonne, richtige Sonne. Der Mantel aus Nebel und Kartoffelrankenrauch über dem Acker war etwa einen halben Meter dick. Darüber milde Septembersonne. Die Kartoffelkratzerinnen konnten nur kurz den Kopf in die Sonne stecken, dann mußten sie wieder runter, denn Holtkämper zog unerbittlich seine Furchen, und wenn eine ihr Stück nicht schnell genug schaffte, bestand Gefahr, daß der halbblinde Hektor, der den Pflug zog, ihr in die Hacken trat. Das war zwar noch nie vorgekommen, aber Holtkämper legte es darauf an, daß es passieren konnte. Das genügte. Die Frauen waren fix bei der Arbeit. Die eisenbeschlagenen Hufe des schweren Ackergauls im Rücken wirkten Wunder. Die Kratzerinnen schafften ihr Stück zwar immer nur knapp, aber sie schafften es regelmäßig kurz bevor Hektor wieder herantrottete und eine neue Furche zog.

Einige Frauen hatten ihre größeren Kinder mitgebracht, die ihnen den Kartoffelkorb weiterrücken mußten. Dadurch konnten sie natürlich Zeit gewinnen: sie hatten die Hände frei zum ununterbrochenen Durchwühlen der Erde nach Kartoffelknollen. Das Weiterrücken des Korbes beim Vorwärtskriechen war überhaupt das schwerste bei dieser Arbeit. Man hatte ja keine Zeit, sich dazu jedesmal eigens aufzurichten. Und wenn der Korb schon halb oder dreiviertel voll war, wurde das Weiterrücken auf allen Vieren immer mühsamer. Natürlich sollten die Körbe eigentlich nie so voll werden. Korrad war dazu da, die schweren Körbe gegen leere auszutauschen. Das tat er auch. Aber er hatte nicht die Hufe Hektors hinter sich wie die Kratzerinnen. Er ging zwar nicht langsam, aber auch nicht schnell von einer zur anderen und kippte die vollen Körbe auf den Kastenwagen, der in der Mitte des Ackers stand. Das bollerte jedesmal gewaltig, und man merkte, daß Korrad ein wichtiger Mann war.

Neben Hektors Schnauben war das dumpfe Bollern der ausgekippten Kartoffeln das einzige Geräusch auf dem Felde. Die Frauen konnten nicht miteinander reden, weil jede – wie eine Läuferin beim Staffellauf – ihr abgemessenes Stück ganz allein zu bewältigen hatte. Auch die Kinder konnten nicht miteinander reden und natürlich auch nicht zusammen spielen, weil jedes bei seiner Mutter bleiben mußte, um ihr ständig den Korb weiterzusetzen.

Die einzige Verbindung zwischen den einzelnen Frauen bestand in Korrad, der von einer zur anderen ging, die vollen Körbe holte und dafür leere brachte.

Zu Katinka, dem Polenmädchen, kam er immer zuletzt, manchmal erst dann, wenn der Korb überquoll. Katinka rief nicht nach Korrad, wenn ihr Korb voll war, wie die anderen Frauen das zuweilen taten, wenn Korrad nicht aufpaßte oder zu langsam war. Katinka sah sich nur ängstlich nach Hektor um und quälte sich stumm mit dem schweren Korb. Jedesmal wenn sie ihn ein Stück vorrückte, sah es aus, als ob sie selbst hinterher falle. So mußte sie sich ins Zeug legen. Sie war nicht stark. – Einmal als der Korb wieder voll war, sagte Korrad zu ihr: »Na hastes dir überlegt?« Und als Katinka darauf nichts sagte, ging er zu einer anderen, obwohl Katinkas Korb fast überquoll. Katinka richtete sich kurz auf, sackte zurück auf die Hacken und rieb sich mit dem Ärmel die Augen.

Ich lief zum Kastenwagen und wollte einen leeren Korb für Katinka holen. »Finger von die Dinger!« – rief Korrad quer übers Feld. Da ging ich zu Katinka und setzte ihr den schweren Korb weiter. Auch als Korrad den vollen Korb endlich gegen einen leeren umgetauscht hatte, blieb ich bei Katinka und setzte ihr den Korb weiter, Stück für Stück, immer im passenden Abstand, so daß sie die ausgekratzten Kartoffeln bequem hineinwerfen konnte. Katinka war nicht stark, aber fix. Jetzt, wo sie den schweren Korb nicht mehr vorrücken mußte, war sie immer schon längst fertig, wenn der dicke Hektor von hinten heranschnaufte. Dann lächelte sie mich an und sagte nichts. Sie hatte wässrigblaue Augen. In der Kaffeepause gab sie mir die Hälfte von ihrem Kartoffelstuten mit. Der schmeckte mir wie Streuselkuchen an Weihnachten.

Ich blieb bis zum Abend und setzte Stunde um Stunde Katinkas Korb weiter. Und am Ende des Stückes, wenn Hektor noch weit hinten war, lächelte sie mich jedesmal an mit diesen Augen, die immer aussahen, als ob sie gerade aufgehört hätte zu weinen. Als es dunkel wurde, fragte sie: »Du morgen wiederkommen?« Am nächsten und am übernächsten Tag aber mußte ich gleich nach der Schule zum Wässelbur zum Tuffelrankenziehen. Wenn wir ein Pferd zum Pflügen leihen wollten, mußten Mama und ich dafür beim Wässelbur arbeiten, ich Kartoffelranken ziehen und Mama Kartoffeln auskratzen. Wir konnten unsere fünf Morgen Ackerland ja nicht gut mit der Schute umgraben. Also mußten wir zum Wässelbur, wenn es ihm paßte.

Als ich am dritten Tag wieder zu Holtkämpers kam, sah ich, daß Katinka es nicht mehr so schwer hatte. Korrad war sehr aufmerksam und brachte ihr laufend leere Körbe. – Als ich ihren Korb weitersetzen wollte wie vor drei Tagen, sagte sie: »Nicht mehr nötig.« Dabei schaute sie mich nur ganz kurz an mit ihren wässrigen Augen, die aussahen, als ob sie gerade zu weinen aufgehört hätte.

Ich setzte mich am Feldrand ins Gras und ließ Katinka nicht aus den Augen. Sie aber schaute kein einziges Mal mehr zu mir herüber. Die Kartoffelrankenhaufen schwelten noch immer vor sich hin. Der Rauch kroch mit Katinka am Boden hin.

Hermann Lenz

Herbst

Wir sprangen durchs Kartoffelfeuer,
Es beizte Rauch die Augen wund,
Und unter moosigem Gemäuer
War bitterrot von Rauch mein Mund.

Wir rückten dicht ans duftend herbe
Milchblau gewundne Rauchgeäst.
Daß nirgends faul ein Kraut verderbe,
Besorgte unser Feuerfest.

Es war noch lang im Heimwärtsfahren
Und duftete bis tief in Nacht
Aus vielen warmen Kinderhaaren,
Die Spiel und Wind verwirrt gemacht.

Johann Peter Hebel

Glück und Unglück

Wie hat zu einem Bauersmann ein Doktor gesagt? »Ihr Landleute«, sagte er, »habt's doch immer gut. Wenn des Getreides wenig gewachsen ist, so verkauft ihr es um einen teuern Preis. Ist es wohlfeil, so habt ihr viel zu verkaufen und löset auch viel Geld.« – »Umgekehrt, Herr Doktor«, sagte der Bauersmann, »wir kommen auf keinen grünen Zweig. Denn wenn das Getreide teuer ist, so haben wir nicht viel zu verkaufen. Wenn wir aber viel haben, so ist es wohlfeil und macht uns doch nicht reich.« – Auch gut gegeben.

Georg Britting

September

September, er wills mit der ganzen Kraft,
Dem störrischen Hochmut der Leidenschaft,
Das Fliehende will er noch halten.
Doch hüpfen die Äpfel vom Baum ihm fort,
Die Goldbirnen stürzen, das Gras verdorrt,
Die Flüsse und Weiher erkalten.

Die Wolken sind auch schon so weiß nicht mehr,
Und Pilzgeruch bringen die Nebel her
Auf regenfeucht schleppenden Füßen.
Den Brombeersucher, den mag er nicht,
Drum schärft er den Dolch, der die Hand zersticht:
Die Gier soll der Räuber nur büßen!

Nur manchmal, am Mittag, im weißen Glast,
Da tut er, als wär er der Sommer fast,
Da fühlt er sich noch wie ein Junger.
Da hat er noch Gold und ein Knabenherz,
Und treibt mit der Muhme, der Schlange, Scherz,
Und gibt ihr die Maus für den Hunger.

Nie schrie dann im Hof so verliebt der Hahn,
Es fangen die Blumen zu brennen an,
In Feuer stehn ringsum die Gärten.
Jetzt sammelt im Weine sich süß die Glut,
Drum heben die Winzer voll Dank den Hut
Vor ihm, den sie immer verehrten.

Herbert Rosendorfer

Weinprobe bei den Benediktinern

Es war im Herbst 1962. Pater Jaeggi lud mich ein, den neuen Wein im Klosterkeller zu kosten. Dazu muß man sagen, daß das Kloster seit eh und je mit Weingütern gesegnet ist. Nicht das schlechteste zieht sich hinter dem Kloster – heute mitten in der Stadt – bis weit gegen die Talfer hin, bedroht von den gierigen Augen der Bodenspekulanten, die hier gern Hochhäuser sähen. Der heilige Benedict möge seine Hand noch möglichst lang schützend über diesem Weinberg halten.

Ich läutete an der Klosterpforte. Zuerst führte mich Pater Jaeggi ein wenig im Kloster herum. Da ich männlichen Geschlechts bin, machte das keine Schwierigkeiten. Über einer Tür stand nämlich: Clausur. Kein weiblicher Fuß entweihte je diese Schwelle und die klösterliche Stille dahinter. Das Refektorium ist ein großer kahler Raum, weißgetüncht und mit schweren Türen aus dunklem Holz. Die Tische waren schon gedeckt. Von einem erhöht stehenden Pult, sagte Pater Jaeggi, lese während der Mahlzeit umschichtig jeweils ein Pater aus der Heiligen Schrift oder aus den Kirchenvätern. Aber auf blendend weißen Tischtüchern standen kostbare Porzellanteller, lag Silberbesteck, blütenweiße gefaltete Servietten lagen daneben, und hinter jedem Teller standen drei verschiedene Gläser – für Weißwein, für Rotwein und für Dessertwein. Dann führte mich Pater Jaeggi in seine Zelle. Eine schwere geschnitzte Eichentür, für die jeder Neureich den Gegenwert zweier Mittelklasseautos hingeblättert hätte, führte in diese Zelle: ein Wohn- und Schlafzimmer von Salongröße, in Eiche getäfelt, Bücher über Bücher an den Wänden, in der Mitte des Wohnzimmers ein Flügel. Noten lagen herum. Es war eine großzügige und doch behagliche Klause ernsten Schaffens. (So ernst? Immerhin hat Jaeggi eine große Kantate auf einen Text des Kasperl-Grafen Pocci geschrieben.) Warum sollen es sich die Mönche nicht auch einrichten im Leben?

Der Keller war so zwei, drei Stockwerke tief. Riesige Weinfässer standen herum. Geschäftige Laienbrüder stiegen Leitern herauf und herunter, prüften den Wein, zogen aus Flaschen ab. Immer tiefer stiegen wir hinab, immer dunkler wurde es. Ganz unten in der Kühle des untersten Kellergrundes stand in einer kleinen Kellerkammer, zugänglich über eine schmale Steinstiege, ein riesiges Zierfaß, davor ein schmaler Tisch und daneben hatten grad noch zwei rohe Bänke Platz, abgewetzt von – salva venia – Generationen von Benediktiner-Hintern. »Hier sitzen wir ganz gern im Sommer«, sagte Pater Jaeggi, »wenn es draußen so richtig heiß ist.«

Und dann brachte der Kellermeister seine Flaschen. Unetikettiert – er hielt sie nur in der Hand und hob sie gegen das Licht. An den fast unmerklichen Farbunterschieden erkannte er Lage und Jahrgang. Er schenkte mir immer wieder ein.

Und ich probierte alle diese gesegneten Flaschen. Natürlich gab es gottgefälligen Speck und Käse und Brot dazwischen. Wieviel heilige benediktinische Promille ich nachher gehabt habe, wüßte ich nicht mehr zu sagen.

Robert Gernhardt

Spätsommertag (15.9.79)

Nun ist der Wein bereits am Sichverfärben.
Die ersten Blätter lappen leicht ins Gelbe.
Die Sonne hält voll drauf. Exakt dieselbe,
die erst ihr Grünen sah, sieht nun ihr Sterben.

Und dennoch wäre es echt schwach zu glauben,
den ganzen Terror könne man vergessen.
Blattmäßig läuft nichts mehr. Gebongt. Statt dessen
schwillt neues Leben, ach, zu prallen Trauben.

Horst Krüger

Oktobertage am Kaiserstuhl

Tiefe, lange Schatten der Geschichte fallen über das ehrwürdige Land. Das Erholsame ist, daß sie sich nicht aufdrängen. Die Geschichte ist da, aber droht und protzt nicht wie etwa in Bamberg oder Wien. Sie bleibt diskret im Hintergrund. Jede Anmaßung von Größe fehlt. Es ist eine kleine, bescheidene Welt, in die man gerät. Ein Paradiesgärtchen für Feinschmecker, Einzelgänger, nicht für jedermann. Der große Tourismus ist nicht eingedrungen, gottlob. Man bekommt kaum Ansichtskarten vom Kaiserstuhl im Kaiserstuhl – ein gutes Zeichen. Zeitungen sind Mangelware. Die meisten Gasthöfe sind nur von mittlerer, rustikaler Güte. Es lohnt sich gleichwohl, zu bleiben. Die Küche ist voller Köstlichkeiten: badisch, elsässisch, schweizerisch-alemannisch. Jedes Essen hier will seine Zeit und gerät ungewollt wie in Frankreich zu einer ausschweifenden Gaumenorgie. Dem Gott der Kalorien sei es geklagt.

Jetzt im Oktober herrscht Wild vor: Fasanen, Hasen, Hirsch, dazu Trauben, Preiselbeeren, auch Nüsse. Und natürlich geht das Essen, mindestens abends dann, in ein langes, sanftes Besäufnis über. Viele Gespräche am Tisch: die badische Nachdenklichkeit, die es nicht leicht hat im Formulieren. Am Nachbartisch manchmal ein französischer Laut, ein Schweizer Satz. Es sind zu viele Weinsorten, die jetzt geschmeckt, probiert, begutachtet sein wollen. Ohne den gewissen Glanz in den Augen, die sanfte Schwere der Beine geht das nicht ab. Der Schoppen vor einem schimmert hellgelb, zartrosa. Er ist von samtigem Dunkelrot, dann wieder von strahlendem Gold – die Farben alter Kultur am Rhein. Die Wirtin trägt selbst auf. Sie setzt sich dazu, beginnt zu erzählen: hajo und hano. Der Geist Hebels und Hansjakobs geht um. Eine kleine, überschaubare Welt. Alemannische Gemütlichkeit ist in den Winzerstuben zu Haus.

Pinsle ich eine biedere Landidylle? Ach Gott, von romantischer Verklärung kann überhaupt nicht die Rede sein. Die Leute hier sind sehr wach, schlau, auf Gewinn, Zuwachs und gute Geschäfte aus, wenn auch auf ihre bedächtigere Art. Der Kaiserstuhl ist eine konservative Landschaft, das schon. Aber echter, lebendiger Konservatismus heißt stets, sich dem Neuen, das erprobt und bewährt ist, zu öffnen. Es heißt den Kopf dauernd voller vernünftiger und gewinnbringender Reformen haben. Dies ist kein CDU-Land. Hier ist eher FDP zu Hause, das badische Kleinunternehmertum. Das Wort »vermarkten« hat bei den Winzern einen sehr viel besseren Klang als bei unseren Literaten. Das Wort »verändern« geht dauernd um. Die ganze Agrarstruktur dieser Region wurde total verändert. Eine stille Revolution fand statt. Besitzverhältnisse wurden neu reguliert. Wer weiß das in Deutschland?

Breisach zum Beispiel. Für mich war es immer die Stadt des Simplicius von Grimmelshausen. Die Schrecken des Dreißigjährigen Krieges und was dann später alles noch kam: an Heimsuchungen, Schlachten, Pestilenzen. Eine geschundene und narbenbedeckte Stadt, die heute von ihrer großen Vergangenheit zehrt: Tourismusanmut. Aber hier steht auch die Zentralkellerei der Badischen Winzergenossenschaften. Sie gehört nicht irgendwelchen Monopolen. Sie gehört den Bauern zusammen. Ich sah eine riesige, moderne Fabrik, die dionysische Rauschmittel produziert, hoch industrialisiert. Es riecht in den Kellern nicht mehr nach Fässern und Rotwein. Der süße Duft ist verweht. Es ist so rationalisiert wie bei Mannesmann oder Krupp in Essen. Ich sah gigantische Vorratstanks, die mehr als eine Million Liter Wein fassen. Die Kellermeister tragen immer noch lange braune Lederschürzen. Aber meistens sitzen sie nur vor Datenbanken. Sie steuern vollelektronisch den Reifungsvorgang. Automation reguliert die sensiblen Gärungsprozesse. Als ich das sah, ging es mir durch den Kopf: Bacchus in Breisach, computergesteuert.

Wie das vor sich geht, genauer? Die Leute hocken jetzt in ihren neuen, weiten Rebenterrassen. Sie pflücken, sie lesen, sie heimsen ein. Sie fahren das kostbare Gut ratternd durch die Straßen. Tag und Nacht geht das jetzt: Erntezeit, Oktoberduft. Sie stehen mit ihren Lastzügen in langen Schlangen vor ihrer Genossenschaft; fast jedes Dorf hat neben der Breisacher Zentralkellerei noch seine lokale Kellerei. Sie rücken sehr langsam vor. Ein Kran wird dann ihre Kübel ergreifen. Der Kübel schwankt in der Luft, kippt langsam und leert alles aus: große Rebenausschüttung, massenhaft. Das purzelt und fällt massenhaft und erzeugt einen Augenblick über sich eine merkwürdige, feuchte Staubwolke, die schon nach Most riecht. Dann wird alles gepreßt, bis auch der letzte Tropfen entwichen ist. Treber als Rest.

Die Weinbauern stehen daneben. Sie gucken zu. Sie gehen an das Bürofenster, wo so ein Computergehirn sitzt. Eine Karteikarte wird hinausgereicht. Schon hat der Computer das angelieferte Rebgut berechnet, qualifiziert und seinen Geldwert austaxiert und dem Ablieferer gutgeschrieben. Schon kommt der Nächste dran. Genossenschaft heißt das. Gemeinschaftsarbeit ist das. Ein ernstes Unternehmen, ein strenges Geschäft. Keiner darf aus der Reihe tanzen. Keiner darf nach privatem Gutdünken pflanzen und lesen. Wer es trotzdem versucht, wird mit hohen Strafen belegt. Die höchste wäre der Ausschluß aus der Genossenschaft. Aber alle profitieren von so viel Disziplin. Das Beste am rentabelsten produzieren, heißt die Devise. Dies ist ein neues Wirtschaftsmodell, das jenseits von altem Privatkapitalismus und neuem DDR-Kollektivismus sinnvoll und human hier heranwuchs. Freiheit und Bindung – ich sah den Mechanismus funktionieren.

Wer das gesehen hat, wird es so schnell nicht vergessen. Er wird auch an Farben denken, jetzt im Oktober. Das dunkle Grün der Walnußbäume, das schon ins Gelbliche, ja Bräunliche übergeht. Er wird an zartes Blau denken, an blauweiße Nebel, die sich erst im Laufe des Vormittags langsam lösen und letzte Wärme freigeben. Die Trauben sollen süß werden. Das Leben auch. Er wird Kastanien reif aufspringen und fallen hören.

Wer das gesehen hat, wird eine Art Treue zur Erde bewahren, in die Liebe und Neugier gemischt sind. Wie ist das dort? Was geschieht jetzt in Bötzingen, in Ihringen, in Obergen? Ob heute mittag gute Sicht ist von den Paßhöhen des Vogelsangs?

Er wird vor allem an Burkheim denken. Burkheim, dieses uralte, verrottete Nest zwischen wilden Vulkan- und Lößbergen. Vom stillen Malerwinkel ganz oben in Burkheim geht der Blick über den Rhein weit ins Elsaß hinein. Hier sollte man leben, meditieren, etwas spinnen, über Gott und die Welt nachdenken. Es liegt wie eine versunkene Perle im Staub. Es blinkt und fragt und lockt: Wann kommst du wieder?

Günter Eich

Der Kürbis

Sieh, des Sommers stolze Farben
wurden grau im Blätterfall,
Heckenwand und Beet verdarben,
Nebel spinnen überall.

Aber eitel dort am Zaune,
prunkend gelb und sonnenprall,
schuf des Herbstes trübe Laune
eine Frucht zum Sonnenball.

Aus den Wolken, aus dem Regen
löst sich rein die Farbe los,
als des Jahres letzter Segen
schwebt die Kugel riesengroß.

Katja Lange-Müller

Ausflug

Es war wieder soweit; jedenfalls stimmte die Jahreszeit. Außerdem war Sonntag, schlechtes Wetter und abnehmender Mond.

Ich stand morgens um acht am Ende des S-Bahnsteigs. In meinem Rücken und vor meiner Brust, überall hier, klebten diese Plakate, ältere und ganz frische, auf denen immer der gleiche putzige Comic-Maulwurf durch seine winzig kleine, schief sitzende John-Lennon-Brille pliert und, entsprechend beschriftete Transparentchen in seinen Grabschaufeln haltend, um Verständnis wirbt für die mit der ganzen Buddelei einhergehenden Nahverkehrswidrigkeiten.

Da, wo noch Platz war, neben und unter den Maulwürfen, hatten irgendwelche Wartezeitgenossen schriftliche Kommentare hinterlassen; etwa diesen besonders schönen: »Dem Maulwurf geht es an die Nerven / ständig maulen und dann noch werfen.« Andere, wahrscheinlich schwarzzahlende und -fahrende Anhänger einer nicht genehmigten Bürgerinitiative namens »Maulwurf for Wappentier«, die in dem fast blinden, pechfarbenen, bissigen, ungeselligen Untergründler idealistischerweise die einzige den Berlinern gemäße Alternative zum eh längst ausgestorbenen Braunbären sieht, haben etlichen der Plakat-Maulwürfe völlig korrekt kopierte Mauerkrönchen zwischen die nicht vorhandenen Ohren gemalt.

Doch nicht das ist es, was ich eigentlich erzählen wollte; ich hatte nur viel Zeit zum Schauen, weil ich so lange herumstehen mußte, denn es war ja Sonntag, und da ist nun immer eingleisiger, also Pendelverkehr. Endlich aber kam die S-Bahn Richtung Königs Wusterhausen. Ich stieg ein, mit meinem Korb und dem Klappmesser darin.

Weshalb hatte ich wieder einmal gehofft, ich sei die einzige, wenigstens die erste, frühmorgens um acht an einem regnerischen Sonntag Anfang September? Sie saßen schon dicht bei dicht auf den Holzbänken, all die anderen, mit ihren Körben, ihren Klappmessern und diesem Ausdruck in den Augen, mißgünstig, gierig, wild, den nur jemand versteht, dem es auch so geht. Und wieder fragte ich mich, warum sie sich nicht an die Pommes mit Mayo hielten, die sie ohnehin am liebsten aßen, und wie sie Tschernobyl so schnell vergessen konnten, und ob das vielleicht herrührt von diversen Resten der Gene ihrer Vorfahren, dieser Pfifferlings-Polen und Trüffel-Franzosen. Oder sind die Leute mittlerweile womöglich derart verarmt, daß sie ihre Autos abschaffen mußten, und nun können sie nicht einmal mehr fünfzig Kilometer weiter östlich, hinter der Oder-Neiße-Grenze, billig diese Kisten und Tüten voller Maronen, Steinpilze oder eben Pfifferlinge kaufen?

Nach einer dreistündigen Reise mit sechsmaligem Umsteigen war endlich Ankunft Endstation, und aus schwärmten wir – in die lichten Nutzholzplantagen jener ländlichen Gegend am Rande unserer Stadt.

Es wurde ein saublöder Tag: Im faulen Gras narrten mich glänzende, braune Blätter. Ein einsamer Trichterling klebte auf einem Baumstumpf, fast bis zur Unkenntlichkeit zerlatscht. Am Wegesrande vergammelten sechs Scheibchen eines madigen Täublingsstiels. Allein ein paar Exemplare des schon vor Jahrzehnten – wohl aus Gründen der Selbsterhaltung – ungenießbar gewordenen Kahlen Kremplings führten mich, da sie von oben Maronen glichen, für einige Augenblicke trügerischen Glücks an der Pilznase herum. Zwischen den Kiefern, links und rechts von mir, lärmten ganze Familienverbände der Konkurrenz. Gelegentlich strauchelte ich auf dem glitschigen Waldboden, nasse Spinnweben blieben an meinen Wimpern hängen, und von den Ästen der Bäume, die ich streifte, tropfte mir Wasser ins Genick.

Der abnehmende Mond war gerade aufgegangen, als plötzlich ein feindlicher Pilzfreund aus einem Gebüsch hochsprang und sich mit gestrecktem Messer über eine große alte Rotkappe warf, genau in dem Moment, da ich das gleiche tat. Wie durch ein Wunder verletzten wir einander nicht ernsthaft; und um den morschen, matschen, naturgeschützten Röhrling lohnte das Streiten auch nicht.

In der S-Bahn sah ich ihn dann wieder, den anderen Sammler. Er saß auf der Heckbank, zwischen durchfeuchteten Menschen, die jenen ähnelten, mit denen wir hergekommen waren, und nun Kienäpfel, Fallobst, Laub oder leere Pfandflaschen in ihren Körben hatten.

Der andere hielt mir einen von seinen vier Pilzen unter die Nase. »Strubbelkopfwirrling«, sagte ich müde und zeigte ihm meinen einen. »Scheidenstreifling«, sprach der Mann, ohne zu erröten. Er hatte noch einen Waldfreundrübling, einen Grünspanträuschling und einen Langgestielten Pokalbecherling. Bei jedem Namen, den ich nannte, nickte er und lächelte wie im Traum. »Oh ja«, sagte er, »Sie verstehen was davon. Wollen Sie vielleicht noch ein Bier mit mir trinken?«

Schon in Wildau verließen wir die S-Bahn wieder, kippten unsere fünf Pilze auf die Gleise und gingen hinüber zum *Fröhlichen Hecht*.

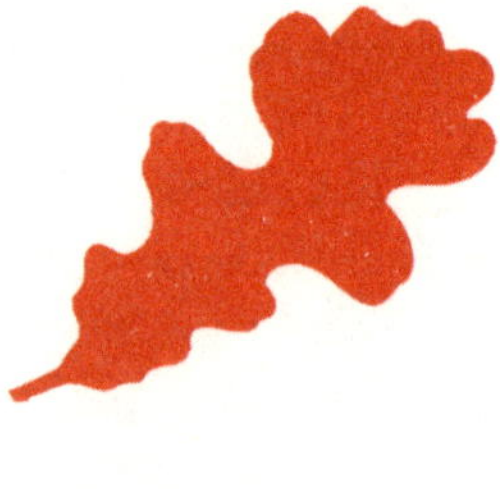

Thomas Wolfe

Oktoberbier

Sie standen in einem breiten, langen Zelt, erfüllt von dichtem Tabaksqualm, der die Luft fast so undurchdringlich wie einen echten Londoner Nebel machte. Am entgegengesetzten Ende des Raumes befanden sich zwei Becken mit rotglühenden Kohlen, über denen sich an eisernen Spießen langsam zwei große Ochsen drehten.

Nach der beißenden Frische der Oktoberluft war es hier drin sehr warm – geheizt von der ganz besonderen, animalischen Wärme der vielen tausend Körper, die in dem geschlossenen Raum zusammengepfercht waren. Dazu kam der alles beherrschende Speisengeruch: Hunderte von Tischen waren von Leuten besetzt, die das Fleisch zentnerweise vertilgten – Ochsenfleisch, große Platten mit kaltem Aufschnitt oder riesige Scheiben Kalbs- oder Schweinebraten – und dazu aus überschäumenden großen Literkrügen das kalte, starke Oktoberbier tranken. Der Raum dröhnte von dem an- und abschwellenden Stimmengesumm und von dem alles übertönenden Klappern schwerer Teller und Messer. In den Mittel- und Seitengängen fluktuierte ein ständig neuer Strom von Gästen, die sich in dem überfüllten Zelt unruhig nach freien Plätzen umsahen. Die Kellnerinnen – kräftig-dralle Bauernmädchen – bahnten sich rücksichtslos ihren Weg durch die Menge und stießen jeden, der ihnen im Wege war, mit der freien Hand beiseite, während die andere Hand mehrere Fleischplatten oder ein halbes Dutzend Maßkrüge balancierte.

Heinrich und Monk ließen sich langsam von der Menge den Mittelgang entlangtreiben. Die Esser waren vorwiegend große, plumpe Leute, deren Gesichter bereits die aufgedunsene Zufriedenheit satter Schweine zeigten. Das viele Essen und Trinken machte ihren Blick stier und verschwommen, und viele starrten mit einem stumpfsinnigen, halb betäubten Ausdruck in die Gegend. Tatsächlich war die Luft zum Schneiden dick und so penetrant, daß einem die Sinne schwinden konnten. Monk war daher sehr einverstanden, als Heinrich, nachdem sie dem großen Ochsen-Braten ein Weilchen zugesehen hatten, einen Lokalwechsel vorschlug.

In der scharfen Luft erwachte er sofort wieder aus seiner Lethargie; er begann sich wieder munter und interessiert umzusehen. Mit dem sinkenden Abend strömten immer mehr Gäste herbei: offenbar gehörte der Abend ganz den soliden Freuden des Essens und Biertrinkens.

Zwischen den kleineren Baulichkeiten der Festwiese thronten, wie Löwen unter einem Haufen kleineren Getiers, die großen Bierhallen der berühmten Brauereien. Im Vergleich zu den Menschenmengen, die diese riesigen, mehrere tausend Menschen fassenden Zelte füllten, erschien das Gedränge vor den Buden und sonstigen Attraktionen nur gering. In der Ferne sah Monk nun die große rote Fassade der Löwenbrauerei, deren Eingang von zwei königlich stolzen, sitzenden Löwen flankiert war. Als sie sich jedoch der von tobendem Gebrüll erfüllten Bierhalle näherten, zeigte es sich, daß auch hier nicht ein freier Platz mehr zu finden war: Tausende saßen schon lärmend beim Bier, und Hunderte drängten sich unaufhörlich in den Gängen.

Nachdem sie aus mehreren anderen Bierhallen erfolglos wieder herausgegangen waren, fanden sie schließlich ein Restaurant, vor dem sich, durch eine Hecke gegen das Gedränge abgeschirmt, ein kleiner Kiesplatz mit einigen Tischen befand, von denen nur wenige besetzt waren. Die Dunkelheit brach rasch herein, und die Luft wurde scharf und frostig, so daß jedermann eilig der animalischen Wärme und dem orkanartig tobenden Lärm der Bierseligkeit in den großen Hallen zustrebte. Aber sie waren beide müde und abgespannt von Aufregung und Gedränge, von dem lärmenden Riesenkaleidoskop der Farben und Sensationen, das sie in sich aufgenommen hatten.

»Setzen wir uns doch hierher«, meinte Monk und deutete auf einen freien Tisch.

Nachdem Heinrich unruhig durch ein Fenster in das qualmerfüllte Chaos gespäht hatte, in dem schattenhafte Gestalten wie im Nebel verirrte Gespenster in den Dämpfen von Walhall hin und her wogten, willigte er ein und setzte sich – wenn auch mit unverhohlener Enttäuschung. »Es ist so schön da drin«, sagte er. »Eigentlich sollten Sie das nicht versäumen.«

Eine Kellnerin, in jeder ihrer kräftigen Hände sechs Maßkrüge des starken Oktoberbiers, kam an ihren Tisch und fragte mit freundlich einladendem Lächeln: »Hell oder dunkel?«

»Dunkel«, antworteten sie, und schon hatte sie zwei schäumende Maßkrüge vor sie hingestellt und war zum nächsten Tisch gegangen.

»Überall Bier!« meinte Monk verwundert. »Wieso eigentlich? Wieso geht man hierher Bier trinken? Warum schlagen die berühmten Brauereien so viele große Zelte auf, wo doch ganz München voll ist von Bierrestaurants, in denen man das berühmte Bier trinken kann?«

»Das schon – *aber* …«, antwortete Heinrich und fuhr bedeutsam lächelnd fort: »… das hier ist doch Oktoberbier. Das ist beinah doppelt so stark wie gewöhnliches Bier.«

Dann griffen sie zu den hohen Maßkrügen, stießen an und sagten »Prosit!«, und dann tranken sie in langen, tiefen Zügen das kalte, starke Getränk, das in der belebend scharfen, frostigen Herbstluft prickelnd und kraftvoll ins Blut ging. Alle Leute ringsum aßen und tranken. Am Nachbartisch saß eine Bauernfamilie in bunter Tracht vor ihren Bierkrügen; nun packten sie ihre mitgebrachten Eßwaren aus, der Tisch bedeckte sich mit verschwenderischen Mengen, und sie gaben sich, ohne nach rechts oder links zu sehen, der Tätigkeit des Essens und Trinkens hin. Der Mann, ein zäher Bursche mit dickem Schnurrbart und weißen Wollstrümpfen, die seine muskulösen Waden bedeckten, aber Knie und Füße frei ließen, zog ein großes Messer aus der Tasche und köpfte damit einige Salzfische, die im Abendlicht in schönen goldenen Farben schimmerten. Die Frau vervollständigte das Mahl mit einer Anzahl Brötchen, einem Bund Radieschen und einem großen Stück Leberwurst. Die beiden blauäugigen Kinder – ein Junge und ein Mädchen mit langen blonden Zöpfen, die vorn über ihre Schultern fielen – sahen stumm und aufmerksam, mit einer tierhaften Konzentration auf ihren Hunger, den Eltern zu, die das Essen aufschnitten und austeilten. Dann vertieften sich alle vier aufmerksam, stumm und gefräßig ins Essen und Trinken.

Jedermann aß und jedermann trank. Monk wurde von einem rasenden Hunger gepackt – von einem Wahnsinnshunger, der nicht zu stillen war, der allen Ochsenbraten, alle Würste und allen Salzfisch der Welt auffressen wollte. Es gab nichts als Essen auf der Welt – herrliches Essen, und Bier – Oktoberbier! Die Welt war ein enormer Bauch, und keine himmlische Seligkeit reichte an dieses gierige Freß- und Saufparadies heran. Hier gab es keine inneren Qualen. Was wußten diese Menschen von Büchern oder von Bildern? Was wußten sie von den millionenfachen Stürmen der Seele, von den Konflikten und Qualen des Geistes, von Hoffnungen und Ängsten, von Haß, Ehrgeiz und Versagen – von der ganzen fiebergepeitschen Vielfalt des modernen Lebens? Sie lebten nur, um zu essen und zu trinken – und in diesem Augenblick fand Monk, daß sie recht hatten.

Georg Trakl

Verklärter Herbst

Gewaltig endet so das Jahr
Mit goldnem Wein und Frucht der Gärten.
Rund schweigen Wälder wunderbar
Und sind des Einsamen Gefährten.

Da sagt der Landmann: Es ist gut.
Ihr Abendglocken lang und leise
Gebt noch zum Ende frohen Mut.
Ein Vogelzug grüßt auf der Reise.

Es ist der Liebe milde Zeit.
Im Kahn den blauen Fluß hinunter
Wie schön sich Bild an Bildchen reiht –
Das geht in Ruh und Schweigen unter.

Das Ende der Saison

Hälfte des Lebens

Mit gelben Birnen hänget
Und voll mit wilden Rosen
Das Land in den See,
Ihr holden Schwäne,
Und trunken von Küssen
Tunkt ihr das Haupt
Ins heilignüchterne Wasser.

Weh mir, wo nehm' ich, wenn
Es Winter ist, die Blumen, und wo
Den Sonnenschein,
Und Schatten der Erde?
Die Mauern stehn
Sprachlos und kalt, im Winde
Klirren die Fahnen.

Friedrich Hölderlin

Eva Demski

Gärtner der vier Jahreszeiten

Es gibt vier Jahreszeiten, aber man muß sie als Gärtner anders einteilen. Und es gibt vier Temperamente. Die haben natürlich eine Menge Unterarten, genau wie die Jahreszeiten – sie zeigen sich oft in merkwürdigen Mischformen. Und doch lassen sich Gesetzmäßigkeiten herausfinden.

Der Herbstwinter fängt im Oktober an und hört im Dezember auf, und er gehört den melancholischen Gärtnerinnen und Gärtnern. Was ist aus unseren Plänen geworden? fragen sie sich beim frühmorgendlichen Gang durch den Garten. Noch ist er stark geschminkt und gibt mit wilden Farben an, aber daß drunter Kahlheit sitzt, wissen wir doch. Das Töten kommt jetzt unaufhaltsam näher, nicht das Sterben. Sterben ist, wie wir wissen, nur etwas Vorläufiges, daß es weitergehen wird, zeigen die Knospen, die an jedem Baum, an jedem Strauch und am Fuß vieler Blumen fest verpackt auf später warten. Nein, Sterben ist keine Gärtnerangst, auch nicht bei den Melancholikern – aber vor dem Töten fürchtet sich der gefühlvolle Gärtner.

Der marode Baum da soll weg, die Hecke hat die Räude, und die in jedem Stadtgarten massenweise herumtanzenden Herbstanemonen sind bei uns nichts geworden. Also raus damit, keine Sentimentalitäten. Das ist furchtbar schwer. Der entschlossene und traurige Blick trifft auf ein paar mitgeschleppte Sozialfälle, die sich ängstlich in ihre Töpfe zu ducken scheinen. Die arme Verwandtschaft, die sich auf ihrem Gartenplatz häuslich eingerichtet hat, bangt um ihr Leben, und das zu Recht. Sie hatten ihre Chance, sich zu integrieren, diese mitgebrachten, aus dem Supermarkt geretteten oder auf andere Weise zugelaufenen Gewächse. Aber da steht die besenähnliche Azalee und die erbleichte Hortensie, und in einer Gartenecke haben sich die Industrieprimeln, die unsere mitleidige Seele nicht hat auf dem Kompost verrecken lassen wollen, allesamt in ein grauenhaftes Fahlviolett verwandelt. Den Sommer über haben wir es ihnen nachgesehen. Aber wollen wir das nächste Frühjahr wieder mit einer Farbe begrüßen, die an verwaschenes altes Bettzeug erinnert? Niemals. Weg mit ihnen.

Es sieht allerdings so aus, als sei das Primellaub besonders üppig geworden, könnte es vielleicht sein, daß sie im nächsten Jahr gelb werden, wie der liebe Gott sie doch einst gewollt hat? Und daß diese Sargausstattungsfarbe, dieses kranke Lila, nur ein Übergang war, von der Industrie zurück zur Natur? Man sieht, der melancholische Gärtner im Herbstwinter neigt dazu, an kleine Dinge viel zu große Gedanken zu verschwenden. Es nützt auch nichts, sich mit Vita Sackville-West mental zu stählen: Der Gärtner muß grausam sein. Ja, ja. Wenn nur das Töten nicht so schwer wäre, wenn es nur der Neugier, jener lebendigsten aller gärtnerischen Kräfte, nicht so entgegenstünde. Was nämlich gehäckselt, geschreddert oder in die braune Tonne gewandert ist, ist verloren und wird uns nichts mehr erzählen. Jeder hat schon erlebt, daß ein armseliger Pflanzentropf unter sachkundiger Pflege prachtvoll aufblühte. Um ehrlich zu sein, man hat dergleichen eher berichtet bekommen, als selbst erlebt, aber daß ein trockener Strunk unversehens ergrünte, haben wir selbst schon zustande gebracht. Mehr als ergrünt ist das Gewächs dann allerdings nicht, und so steht es immer noch hinten im Garten und säuft unser teures Wasser. Aber es ist ein Versprechen – und, wenn wir das jetzt wegschmeißen, werden wir nie erfahren, ob es eingelöst wird.

Es ist November geworden, und man hat mal wieder einige unter dem Schafott rausgezogen und ihre Hinrichtung aufgeschoben. Leider. Blätter, Blätter, Blätter, Tonnen und Tonnen von raschelnden Blättern, das Kehren ist eine sehr melancholische Freude. Der marode Baum ist aber dran, und der stachelbeerlose Stachelbeerstrauch und diese Malve, die seit zwanzig Jahren blütenlos geblieben ist, und die Schneeforsythie, die damals sechzig Mark gekostet hat und eine ganz ordinäre Forsythie war, die schütter gelb und nicht weißrosa geblüht hat, wenn überhaupt – ihr seid fällig, und zwar jetzt. Längst hat sich der Garten die grellen Farben vom Gesicht gewischt und zeigt sich faltig und nackt. Manchmal hüllen ihn morgens Nebelschwaden ein, die vom Taunus heruntergekrochen sind, dann ist er bezaubernd. Der Nebel haucht winzige Glitzertropfen auf übriggebliebene Rosenblüten, die manchmal bis Weihnachten aushalten. Längst haben sich die Fische verzogen, die Krebsschere ist abgetaucht, sie hatte in diesem Jahr drei Ableger.

Richtige Gärtnerinnen und Gärtner sitzen jetzt mit Stauden-, Rosen- und Baumschulkatalogen bei selbstgemachtem Brombeerwein am Kamin und planen. Das machen sie bis kurz vor Weihnachten, dann fahren sie in den Wald und schlagen ein Tännlein. Vorher haben sie noch Barbarazweige geschnitten. Melancholisch sind sie nicht, weil ihnen die herbstwinterlichen Abschiede nichts ausmachen. Sie haben zum Töten ein pragmatisches Verhältnis, was sich der melancholische Gärtner jedes Jahr von neuem mit Gewalt anerziehen muß. Man sieht es ja ein: Und doch, und doch: dieser elende geerbte Russische Wein, der vor Jahren von der längst gestorbenen Freundin zum Einzug mitgebrachte und seitdem verabscheute, dennoch liebevoll gehegte und durchgefütterte Weihnachtskaktus – das sind doch Stücke von denen, Lebensstücke. Warum solche Memorabilia immer scheußlich sein müssen, ist ein Rätsel. Und da, die Eibe hat X. für uns gepflanzt, er hat sie von einem Waldspaziergang mitgebracht, und sie war nur ein Wichtel. Jetzt ist sie ein düsterer Riese, aber man kann sie doch nicht exekutieren. Ohne sie dächten wir längst nicht mehr an X., so aber jeden Tag, wenn auch ein bißchen unfreundlich.

Und so wird es endlich Dezember, die Melancholie bläht sich noch einmal mächtig auf, und zu Weihnachten kriegen wir von jemandem, der uns offenbar nicht gut kennt, eine Orchidee geschenkt. Mal sehen, wie lang wir es mit ihr aushalten müssen.

Günter Bergsohn

Fallobst

Newton ging in seinen Garten,
Denn er wollte nicht mehr warten.
Lang schon hat er überlegt,
Was den Lauf der Welt bewegt.
Sommer war vorbei und doch,
Überlegt er immer noch.

Eine Ahnung war da schon
Von der Gra-vita-tion,
Von der Kraft, die alles lenkt …
Newton setzt sich hin und denkt.

Ist so gut wie dran und drauf
Der Gestirne schönen Lauf

Endlich, endlich zu begreifen …
Über ihm die Äpfel reifen.

Herbstlich leuchtet ihm die Welt,
als dann auch der Groschen fällt.

Maxim Biller

Meine herbste Zeit

Einmal im Jahr vergesse ich all meinen Haß und werde trauriger als der Wind, der nachts durch die Schwabinger Gassen pfeift. Einmal im Jahr begreife ich, daß das Leben keinen Sinn mehr macht, zumindest solange nicht, bis der nächste Sommer beginnt. Denn einmal im Jahr kommt der Herbst – diese eklige, klebrige, graue und feuchte, pseudo-romantische Jahreszeit, die auch den optimistischsten Lebemann in ein neurotisches Psychowürstchen verwandelt.

Wußten Sie überhaupt, daß der Herbst böse ist? Wenn er kommt, geht nämlich das Leben. Wenn er kommt, werde ich das, was jeder anständige Billerfeind mir ohnehin wünscht: Der einzige Untote, den es wirklich gibt. Ein Sonnensüchtiger auf Entzug. Ein mit den Menschen kaum mehr verwandtes Wesen, das eines Morgens gutgelaunt und tropisch-leicht bekleidet aus dem Hauseingang tritt und auf der Stelle einen Kälte- und Gemütsschock bekommt. Ein apathischer Tropf, der sich notgedrungen daran erinnern muß, daß Deutschland, was Klima und Menschenschlag anbetrifft, eben doch nicht Valencia, Rimini und Haifa ist, sondern eher so eine eisenharte Mischung aus Sibirien und Spitzbergen. Ein verwirrter, elender Lethargiker, der sofort wieder zurück in sein Haus flieht, um bloß nicht auf einem der überall herumliegenden bräunlich-glibberigen Blätter auszurutschen, die nur Dichter, kurzsichtige Primaner und andere Dummköpfe für so herrlich poetisch halten. Dieser wehmütige Griesgram eben, der sich wie ein sentimentaler Trottel ab jetzt immer nur an damals erinnert, an früher, an all jene herrlichen Tage, als es noch Sommer war.

Als es noch Sommer war, waren wir – einfach so, ohne Umstände – die glücklichsten Menschen der Welt. Wir nahmen die Arbeit nicht ernst und überzogen die Mittagspause. Wir fuhren in den Urlaub, und wenn wir zurückkamen, noch schöner, noch jünger, machten wir an unseren Schreibtischen, Werkbänken und Ladentheken genauso faul und siestamäßig weiter, wie wir es an den Stränden der Bahamas und Kleinasiens von unseren Dritte-Welt-Sklaven gelernt hatten. Wir lachten sehr viel im Sommer und dachten über kaum etwas nach, außer über die Lösung der Freizeitfrage. Und natürlich waren wir fast durchgehend potent und sehr leicht erregbar, wir hatten keine Orgasmusschwierigkeiten mehr, wir liebten den Sex, wir liebten die Frauen und Männer unserer Freunde, und die liebten uns – Sie wissen schon, wie ich es meine – meistens dann auch.

Und jetzt also das: Herbst.

Busse und U-Bahnen füllen sich wieder, sie riechen nach Grippe und Menschen. Morgens, beim Aufstehen, ist Nacht. Die Zeitungen werden dicker und sinnloser, die Feuilletons noch verrätselter und verrückter. In den Kinos gibt es keine ausgelassenen Kinderfilme mehr, sondern nur noch dreistündige Erwachsenenepen mit tragischem Ausgang. Auf den Bühnen unserer Theater, die herrliche drei Monate lang zugesperrt waren, dürfen sich wieder irre, depressive Schauspieler in irren, depressiven Stücken wie besonders irre Depressive gebärden. Und es vergeht keine Woche, in der man nicht irgendwo ein beleidigt-düsteres Interview mit Oskar Lafontaine liest, denn auch er, der erste deutsche Apokalyptiker, auf den absolut keiner hören will, hatte offenbar Sommerpause.

Plötzlich sieht man sich wieder jeden Tag im Fernsehen die Nachrichten an, denn man möchte jetzt doch endlich wissen, ob Ostdeutschland noch zu uns gehört. Man kauft Bücher nicht nur, sondern liest sie auch. Man schreibt Tagebuch. Man haßt seine Freunde. Man ist ohne Grund deprimiert. Man denkt nach, man seufzt und man grübelt, und irgendwann, während man gerade mit seiner ersten Java-Hongkong-Taiwan-Grippe darniederliegt, begreift man dann auch, in einem hellsichtigen Albtagtraum, daß der Herbst ein verdammt deutscher Zustand ist. Ein Zustand, der mit all seinen Farben und Gerüchen, Introvertiertheiten und sentimentalen Rigiditäten tausendprozentig so wirkt, als hätten ihn solch dunkel-düstere Typen wie Hölderlin, Kleist und Dieter Zurwehme höchstpersönlich erfunden, als sei er ein Wagner-Libretto mit Stockhausen-Musik, als sei er ein ›Spiegel‹-Jahrgang, den Rudolf Augstein allein vollschreibt, als sei er Edith Clevers Unterwäsche, Angela Merkels dritte Sorgenfalte von oben, Katja Riemanns melancholische Zickigkeit, als sei er ›Big Brother‹ ohne Zlatko, Karim und Ebru, Rudolf Scharping ohne die Gräfin Pilati, das ›Literarische Quartett‹ ohne den polnischen Reich – als sei er eben eine ganz und gar deutsche, unerotische, kopflastige Jahreszeit, in der unser Körper hinter dem dicken Wollstoff unseres modischen Helmut-Lang-Capes verschwindet, damit ab jetzt nur noch wir ihn sehen, nackt, im Spiegel, allein …

Sex im Oktober? Glück? Optimismus? Ein lässiges, levantinisches Lebensgefühl? Ach was. Von nun an besteht der deutsche Mensch, solange der Kalender reicht und noch ein paar Lichtjahre weiter, allein aus Geist und Gemüt. Von nun an ist er kein machistischer Latin-Lover mehr, keine scharfe, intelligente Französin, kein lässiger Libanese, kein entspannter New Yorker. Von nun an ist der deutsche Mensch ein Kopf – ein sehr trauriger und arbeitsamer Kopf. Der deutsche Mensch ist ab jetzt wieder ein Deutscher.

Nur ich nicht, na klar. Denn ich fahre noch heute nacht weg. Nach Eilat und vielleicht auch nach Beirut. Schwimmen und essen, lieben und lachen. Sie wissen schon, halt das ganze herrliche, hinterhältige Orientalen-Nichtsnutz-Programm.

Wie niederträchtig von mir. Und – wie typisch!

H.C. Artmann

LETZTE SCHWALBE

letzte schwalbe
dunkle kleine
herzentsprungene
bring du meine grüße hinab
in das gilbe bergland
bring sie kärnten
wo noch die rote beere
im späten herbstlicht steht

wolken
wie schwarze bündel geschnürt
sind es
die mit dem schnee verbündet
kalte wunder an mir und den bäumen tun
mein sinnen wäre dem deinen gleich
trüge auch ich flügel
statt meine schuhe
ja
und die schnelle deiner augen
ein gefieder
dein korngroßes mutiges herz
und die freundschaft des windes
oder leichte des löwenzahns
in der du dich forthebst

letzte schwalbe
nachzüglerin

liebste aller spätbotinnen
ich bitte dich
nimm du meine traurigen grüße
in die wärme deines schnabels
bring sie durch regen und nebel
und tau durch den beißenden neumond
bis hin an den strauch
mit den roten beeren

Karl Krolow

Teebehaglichkeit

Sprechen wir lieber vom friesischen Tee zu jeder Tageszeit, tiefbernsteingolden und mit leichtem Rauchgeschmack, heißer Tee allemal, der gewöhnlich auf einem Stövchen auf Holzkohle stand, als ich ihn trank. Wer denkt noch an Bremer Kaffeesäufer! Man denkt an das leise Geräusch, mit dem die »Kluntjes«, der Kandis, im Tee versinken, denkt an die sahnige Milch, die unbedingt dazu gehört. Kandis und Sahne nehmen der herben Stärke des oldenburgisch-friesischen Tees nicht sein Aroma, machen es samtweich und zärtlich süß. So ist das wohl. Teebehaglichkeit gibt es nur hierzuland. Tee wird nun einmal nicht nebenbei zubereitet. Man muß mit Sorgfalt und Zeit an die Zubereitung gehen, frisches Wasser zu jedem Kännchen kochen, mit diesem das Kännchen zunächst erhitzen und dann neues Wasser auf das Feuer stellen. Inzwischen wird das heiße Kännchen penibel trockengerieben. Die Teeblätter kommen hinein, auf die das zweite Wasser beim ersten Aufsprudeln gegossen wird. Tee auf dem Stövchen vier bis sechs Minuten ziehenlassen und ihn dann servieren. Ein zweites Kännchen mit heißem Wasser wird dazugestellt. Aber wer darf nun schon seinen Tee mit ihm verdünnen? Allenfalls ein gänzlich unwissender Fremder! Der Tee selber kann natürlich beim Stehen auf dem Stövchen bald einen Nachguß vertragen: die Teestunde hat mehr als sechzig Minuten. Sie scheint überhaupt nicht metronomisch begrenzt. Man trinkt Tee in Ruhe. Man trinkt ihn gründlich. Wie man hier gründlich arbeitet und lebt. Geduld gehört dazu. Man muß sie mit ins Land bringen, sonst hat man die falsche Ecke gewählt.

Pierre Michon

Es regnete den ganzen September

Zwischen Les Martres und Saint-Amand-le-Petit liegt die Ortschaft Castelnau, über der Großen Beune. Dorthin wurde ich 1961 berufen: Auch die Teufel, so nehme ich an, beruft man in die Höllenkreise; und von Überschlag zu Überschlag purzeln sie auf des Trichters enges Loch zu, so wie wir der Rente entgegenrutschen. Ich war den Trichter noch nicht ganz heruntergerutscht, es war meine erste Stelle, ich war zwanzig Jahre alt. Einen Bahnhof gibt es in Castelnau nicht; der Ort ist gottverlassen; Busse, morgens von Brive oder Périgueux losgefahren, setzen einen ganz spät dort ab, Fahrtende, Endstation. Ich kam in der Nacht an, ziemlich verloren, mitten im Aufgalopp eines Septemberregens, der im Scheinwerferlicht vor den schlagenden Scheibenwischern hochsprang, vom Dorf sah ich nichts, der Regen war schwarz. Ich mietete mich im *Chez Hélène*, dem einzigen Hotel, ein, es stand auf dem Kamm der Felswand, an deren Fuß die Beune, genannt die Große, fließt; an jenem Abend sah ich auch die Beune nicht, aber aus dem Fenster meines Zimmers auf noch dichtere Schwärze sehend, ahnte ich hinter dem Gasthof ein Loch. Drei Stufen führten in die Wirtsstube hinab; sie war mit jener ochsenblutroten Tünche gestrichen, die früher Antikrot genannt wurde; es roch nach Mauersalpeter; ein paar Trinker saßen da und sprachen in Augenblicken des Schweigens laut von Gewehrschüssen und Angelruten; sie bewegten sich in einem schwachen Licht, es warf ihre Schatten an die Wände; man hob den Blick, und über dem Schanktisch beobachtete einen ein ausgestopfter Fuchs; sein spitzer Kopf sah drohend auf den Betrachter, aber sein Körper schien die Wand entlangzulaufen, zu fliehen. Die Nacht, das Auge des Tieres, die roten Wände, die derbe Sprache dieser Leute, ihre urtümlichen Gespräche, dies alles schob mich in eine nicht zu definierende Vergangenheit, die in mir keine Freude auslöste, sondern ein diffuses Grauen, zu dem sich das Grauen fügte, bald vor Schülern stehen zu müssen: Diese Vergangenheit erschien mir als meine Zukunft, diese dubiosen Fischer als Fährmänner, die mich auf den bösen Kahn des Erwachsenenlebens laden und mitten auf dem Wasser ausplündern und über Bord werfen würden, während sie mit ihrem Jargon im Dunkel hämisch in ihre zeitlosen Bärte lachten; dann hockten sie am Ufer und schuppten wortkarg große Fische. Die gischtenden Septembergüsse prasselten gegen die Scheiben. Hélène war alt und wuchtig wie die Sibylle von Cumae, ebenso bedächtig und ebenso mit schönen Fetzen herausgeputzt, ein Tuch um den Kopf geschlungen; mit hochgezogenem Ärmel wischte ihr dicker Arm vor mir den Tisch; diese einfachen Bewegungen strahlten vor Stolz und stiller Freude: Ich fragte mich, welche Vorfälle sie als Wirtin in diese rote Taverne verschlagen hatten, die von einem Fuchs über ihr beherrscht wurde. Ich bat sie um ein Abendessen; karg entschuldigte sie sich für ihr erloschenes Herdfeuer, ihr hohes Alter und tischte mir Unmengen jener Kaltspeisen auf, die den Pilgern und Rittern in den Geschichten schwer im Magen liegen, ehe ihnen beim Durchqueren einer tiefschwarzen Furt in der reißenden Strömung die Schneide eines Schwerts in den Körper fährt. Dazu Wein aus einem großen Glas, um mit der Strömung besser fertig zu werden. Ich aß diese Schlachtplatte uralter Zeiten, am Nachbartisch allmählich spärlichere Gespräche, man steckte die Köpfe zusammen, schwer von der Müdigkeit oder der Erinnerung an sterbende Tiere, die man mitten im Sprung getroffen hatte; diese Männer waren jung; ihre Müdigkeit, ihre Jagden waren so alt wie die Fabliaux. Meine walachischen Räuber setzten zum Schluß ihre Mützen auf, erhoben sich und schritten wacker in ihrem tiefschwarzen Ölzeug mit glänzenden Falten von dannen, hin zu ihren dunklen Tätigkeiten als Fährmänner, als Schlafende; einer von ihnen wandte mir über diesem nächtlichen und sternübersäten Arbeitszeug ein feines und schmales Gesicht zu; er schenkte mir ein verschwörerisches oder mitleidiges Lächeln, weiße Zähne blitzten auf. Mofas sprangen an. Vor der geöffneten Tür war die Nacht trüb, regte sich nicht; der Regen vollzog seinen Aufgalopp anderswo, Nebel war herabgesunken. »Das ist Jean der Fischer«, sagte Hélène mit einer Kopfbewegung in die Richtung, in die sich leise Motorgeräusche rasch entfernten; ihre Bewegung war so unbestimmt, daß sie ebensogut den Nebel hätte meinen können. Sie lächelte. Ein wunderbares Muster bildeten in diesem Lächeln ihre Fältchen. Sie schloß die Tür, drückte an einigen Schaltern herum, alles verlosch, ich schlief schon, als ich vom Stuhl aufstand, ich war irgendwo, in Ländern, wo die Füchse im Traum vorbeilaufen und im dichten Nebel unsichtbare Fische aus dem Wasser springen, mit einem dumpfen Klatschen wieder zurückfallen; in der tiefsten Dordogne, das heißt nirgendwo, in der Walachei.

Es regnete den ganzen September lang.

Sarah Kirsch

Gasthaus

Seit Tagen fällt der Regen so dicht
Und gleichzeitig steigt Nebel herauf
Daß die Welt wahrhaftig sehr klein
Und zusammengeschrumpft vorliegt
Sie reicht knappe drei Meter
Von der Traufe zum Misthaufen hin
Wird seitlich von fallenden
Zäunen und Himbeerruten begrenzt
An denen Tropfen wie Tränen
Fließen Pfützen verschmelzen
Bis das Meer vor der Tür steht.
Ein ordentliches Oben der hohe
Aufgestockte wolkenbefahrene Himmel
Ist nicht auszumachen es bleibt
Nur Fluchen und Türenwerfen
Oder die Kunst in sich selbst
Verloren zu gehen wie rings
Die frühen Hunde und Trinker.

Hermann Löns

Der Herbststurm

Wer zu einem Menschen nur in seinen guten Stunden kommt, der weiß nichts von ihm; wer das Steinhuder Meer nur sommertags sah, der kennt es nicht. Die Freunde des Meeres in der Stadt, wo sind sie heute? Hinter dem Ofen, denn in den Straßen tobt der Herbststurm. Er gießt kübelweise den Regen an die Fenster, hetzt die Wolken hin und her, spielt wilde Weisen und haut den Takt zu seinem Liede so grob auf die Dachpfannen, daß sie klirrend und klingelnd und klappernd herabpoltern.

Heut wird's am Meere schön sein. Zerpeitschte Grauflut, gehetzte Schwarzwolken, spritzender Gischt und halbverhülltes Abendrot werde ich sehen, nicht solchen zahmen Dutzendsonnenuntergang für Sommerfrischler. Der Wind spielt mit den Krähen und wirbelt sie in der Luft herum, als wären es schwarze Lappen. In Steinhudes gelbem Eichenhain tobt der Wind wie toll. Das saust und braust und pfeift und flötet und lehrt die gelben Blätter den Ringelreihetanz und die Aalkörbe an den Lehmwänden der Ställe lustige Sprünge. Grau ist das Meer, hechtgrau mit Silberstreifen und dunkelgrün mit schwarzen Barschstriemen, tief duckt sich das gelbe Rohr unter des Sturmes rauher Hand, unwillig rauschen die schiefen Pappeln.

Das Meer braust und brandet, spritzt und schäumt. Gut passen zu ihm die unheimlich gelben Dünen, der düstere Föhrenkranz an seinen Ufern, die schwarz und braun gemusterten Bergkuppen drüben. Es ist ja auch schön hier an blauen Abenden, in sengender Mittagsglut, an Nebelmorgen, bei sternheller Nacht, aber am allerschönsten im Herbststurm, wenn es singt und klingt in den Lüften.

Blaugrau ist der Himmel. Fahl blinzelt die Sonne durch einen Wolkenriß. Weiße Wolken wie Watteflocken treiben nach Osten. Der Wolkenriß weitet sich, Silberblitze springen über die Wellen, die Dächer drüben glühen auf, die schwarzen flatternden Punkte dort unten, Möwen, blitzen auf zu blendendem Weiß, und die Entenflüge, die die beiden Fischerboote hochmachten, wie Hunderte von Silberflittern wirbeln sie vor dem graublauen Himmelsrand herum, bis sie als schwarze Flecken wieder auf dem Wasser liegen. Jäh wechseln alle Farben. Die Segel vor der Seefeste, eben waren sie goldgelb, schwarz sind sie jetzt; schwarz sind die Seiten der Fischerboote, die eben wie Silber gleißten. Die gelblichgraue Flut wird bläulich, färbt sich in Silberglanz um und in stumpfes Grau und wälzt sich jetzt, wo die Sonne hinter dem Grauhimmel verschwindet, tot und schwarz nach Osten.

Das Meer lebt von fremdem Geflügel. Wohin man sieht, schaukeln Hunderte von Enten auf den Wellen, wiegen sich Sägetaucher auf der Flut, schweben Möwen und Seeschwalben dahin, und heiser rufend streicht ein Flug Wildgänse vorüber und fällt am Ufer ein. Vier Schwäne, Wanderer vom Norden, die hier auf der Südlandsfahrt einen Rasttag machen, schwimmen wie weiße Seerosenblumen auf der schwarzen Flut. Und das, was da silbern in der Rohrbucht auftaucht und verschwindet, wieder da ist und wieder in die Welle sinkt, das ist ein Haubentaucher. Katzenpfoten laufen über das Meer. Der Wind bringt Regen. Noch ist alles grau und blau und goldig, doch die Sturmhexen kommen schon angeritten. Schwarz flattern die Lumpen um sie, ihr Strupphaar fliegt im Wind, ihre Besen zerfetzen die Wolken. Zu Dutzenden jagen die Unholdinnen vorüber, fassen sich an zu häßlichem Reigen, bilden Kreise und Kränze, lassen los und fegen dahin, daß die Rockfetzen fliegen und die Schmutzlappen flattern. Mit ihren Besen hauen sie in die Flut, daß sie schäumt und geifert, und sie fegen die Wellen, daß sie umkippen. Gellend klingt ihr böses Lachen aus der Luft.

Des Sturmes Baß übertönt ihr Gekreisch. Das braust und brandet und bullert, daß die Bohlen der Landungsbrücke zittern, daß die Wände des Strandhauses ächzen, daß die Scheiben klirren. Hastiger wandern die Wellen, tief bückt sich das Rohr, unwilliger schütteln die Pappeln die Köpfe. Immer mehr Katzenpfoten kräuseln die Flut, die Sonne wird ein fahler Fleck, näher kommt der Regensturm. Und nun platzen die Böen, schütten muldenweise das Wasser hinab, verhüllen die Ferne, verschlucken den Wilhelmstein, decken die Berge mit grauen Schleiern und die Dünen und den Strand zu, verhüllen Nähe und Weite mit dem gleichmäßigen Grau, in dem nur eine schwarzschwingige Möwe jauchzend umhertaumelt. Und es prasselt und klatscht und schlägt und stiebt schräg auf die Wellen, und die jagen dahin, wie mit Ruten gepeitscht, und das brüllt und heult in der Luft und pfeift und kreischt und schreit, und wie ein Geisterschwarm stiebt ein Möwenflug heran und wirft sich in der Rohrbucht ins Wasser.

Der Sturm läßt nach; aus dem Schwarz wird ein lichtes Grau. Schon taucht wie ein Schatten der Wilhelmstein wieder aus dem grauen Schleier auf, ihm folgen die Berge, die Dünen und der Strand, bis sie klar und scharf am Himmelsrand stehen. Goldig wird es im Westen. Durch graue Wolkenballen reißt sich die Sonne ein Loch und malt Lichter in die schwarzblaue Bucht. Flammen brechen unter der schweren Wolke hervor, wie zerflossen glüht darin die Sonne, blaugrüne Striche ziehen sich über den Himmel, und auf allen Wolken blühen Rosen. Der Vorzeit Ungeheuer schwimmen durch das blaugrüne Himmelsmeer, Riesenhaie und Drachen, Einhörner und Tiger, Schlangen und Eidechsen, mißgestaltet und furchtbar, alle nach Osten in die graue Nacht hinein.

Zum Meere streicht ein Flug Gänse, sich kreuzend mit Entenflügen, die klingend und sausend das Meer verlassen, hoch über mich fortstreichend zur Leine. Entenflüge ziehen durch die Luft, mit hastigen Flügelschlägen, mit Sausen und Brausen, immer vom Meere fort.

Längst ist die Sonne hinter den Bergen verschwunden. Tiefer tönt sich der Himmel, hier und da blinzelt ein Stern, das Schwirren und Klingen hört auf, nur der Sturm pfeift und flötet noch, mit neuen Regenböen zieht die Nacht heran und verhüllt Meer und Land und Strand.

Heinrich Hoffmann

Die Geschichte vom fliegenden Robert

Wenn der Regen niederbraust,
wenn der Sturm das Feld durchsaust,
bleiben Mädchen oder Buben
hübsch daheim in ihren Stuben.
Robert aber dachte: Nein!
das muß draußen herrlich sein!
Und im Felde patschet er
mit dem Regenschirm umher.

Hui, wie pfeift der Sturm und keucht,
daß der Baum sich niederbeugt!
Seht! den Schirm erfaßt der Wind,
und der Robert fliegt geschwind
durch die Luft so hoch, so weit.
Niemand hört ihn, wenn er schreit.
An die Wolken stößt er schon,
und der Hut fliegt auch davon.

Schirm und Robert fliegen dort
durch die Wolken immerfort.
Und der Hut fliegt weit voran,
stößt zuletzt am Himmel an.
Wo der Wind sie hingetragen,
ja, das weiß kein Mensch zu sagen.

Joseph Roth

Brief aus dem Harz

Lieber Freund,
in jeder anderen Jahreszeit als im späten Herbst ist eine Harzreise lediglich ein literarisches Wagnis. Im November gebührt ihr bereits der Rang jener beharrlichen Fahrten, die man als »Unternehmungen« bezeichnet. Den gefährlichen und damit ein wenig eitlen Versuch, den Spuren genialer Harzreisender (im wörtlichen Sinne der Wendung) zu folgen, läßt die betrübliche Aussicht auf Regen, Nebel und Wind noch bedrohlicher erscheinen. Am schlimmsten aber ist die Gewißheit, daß es kleine Städte sind, in denen der Wind weht, der Regen regnet und der Nebel durch die Gassen dahinzieht, über die niedrigen Dächer, die gleichsam zu tief sind, um ihn aufhalten zu können. Wahrscheinlich wissen sie nicht, was das heißt: fremd in einer kleinen Stadt zu sein, in welcher der November herrscht. Jede Stunde ist lang wie ein Bußtag, unheimlich wie ein Totensonntag, von einer geradezu spiritistischen Feierlichkeit, bei der man nicht nur Gespenstern begegnet, sondern auch sich selbst in ein Gespenst verwandelt. Der Tag ist nicht wie ein Tag, sondern wie eine Ausgeburt der Nacht. Zwischen Morgen- und Abendgrau lagert ein Stück dichter und nasser Watte: Atmosphären-Watte; dies ist der Tag. Was ist mit ihm anzufangen? Steht man morgens auf, ist er noch nicht angebrochen, erwacht man um die Mittagsstunde, befindet er sich gerade im Zenit seines Grauens, ja, im Zenit seines Grauens befindet man sich selbst. Und dennoch ist er ein Lichtblick – und wahrlich nicht mehr –, verglichen mit dem Abend, der immer eiliger und drängender heranrückt, mit spärlichen und trüben Laternen, die an eingefangene und

in erhöhten Glaskäfigen eingesperrte Irrlichter erinnern, mit völlig überflüssigen und zwecklosen Windstößen, die nur aus Bosheit kommen und um uns einen rechten Schrecken einzujagen; mit wehenden Regenschirmen, die wie gezähmte ungeheuerliche Fledermäuse von geschäftigen Passanten geführt und gesteuert werden; mit kümmerlichen Lichtreklamen, die die Warnungen vor den Waren sind, zu denen sie ja anlocken sollten. Oh, welche Abende!

Ich habe nichts anderes vorausgesehen. Wie geahnt, so geschehen! Der Harz ist ein braves deutsches Mittelgebirge, Mittelstand unter den Gebirgen, mit Recht seiner landschaftlichen Schönheit wegen berühmt, er hat ein gesundes Klima, ich kann jedem Deutschen raten, den Harz zu besuchen, bei Sonne und Schnee. Als ich ihn besuchte, regnete es leider. Selbst die eingesessenen Harzer Patrioten mußten zugeben, daß es regnete. Die kleinen Städte im Harz werden im Regen noch kleiner. Sie ziehen sich zusammen, ihre gekrümmten, alten, geringelten Gassen krümmen sich noch mehr, die Häuser ziehen ihre schönen Schiefervorsprünge tiefer in die Stirn und drücken sich in den Schatten ihrer Dachränder, Fenster und Türen schließen sich fester, bestimmt ist's den Heimischen gemütlicher, dem Fremden aber wird alles noch fremder. Ich sitze in kleinen Konditoreien, ich gehe in mittelgroße Kinos, ich esse in großen Bierlokalen, ich wandle durch späte Kneipen. Ich absolviere ein Museum nach dem andern, eine Kirche nach der anderen, ich weiß nicht mehr, ob es in meiner Absicht liegt, die Zeit zu gewinnen oder sie totzuschlagen. (...) Vergeblich bemühe ich mich, gemächlich durch alte Gassen zu schlendern. Mein Schritt ist ungeduldig, mein Auge verschlingt im Nu alles, was ringsum zu sehen ist, und meine Langsamkeit ist nur eine scheinbare, gleichsam durch eine Zeitlupe zerteilte Schnelligkeit. Oh, welche Tage! Oh, welche kurzen Tage und welch langer Ärger! Dies mißtrauische Vorurteil, das man den sauren Verhältnissen und

Zuständen entgegenbringt, und diese späte Kontrolle, die man darüber ausübt, auf daß es nicht übermäßig groß werde und ein legitimer Anlaß zum Selbstmord! Wie eine billige Beschwörungsformel des seligen Herrn Coué wiederhole ich mir den Satz: »Es ist im Grunde doch ganz nett!«, und ich weiß, wie hohl die Worte »im Grunde« und »ganz nett« immer gewesen sind und immer bleiben werden. »Im Grunde« ist es gar nicht »nett«, und der optimistische Zauberspruch ist so fadenscheinig, daß sein pessimistisches Unterfutter unaufhörlich sichtbar bleibt. Da lockt das bescheidene Schild einer kleinen »Konditorei«. Solange mich noch zwanzig Schritte von ihr trennen, enthält sie eine lauschige Süßigkeit, in ihr werde ich geborgen sein vor Kummer, Fremdheit und Regen, der warme Duft gekochter Schokolade, seit Jahrzehnten eingefangen in ihrem kleinen Raum, wird mich an die Vesperstunden der Kindheit erinnern. Ich werde bestimmt eintreten. Ich trete ein. An der Glastür verkündet frohlockend ein Schild: »Eine Tasse Bouillon zu jeder Tageszeit«; »Ein paar Würstchen mit Kraut«; »Kulmbacher, Dortmunder«; und jenen »Saazer Urstoff«, der wie eine Phrase aus der Chemie ist und anklingt an Hypothesen von der Entstehung der Welt und ihrer unzerlegbaren Elemente. Verweht ist der süße Duft warmer Schokolade! Nahrung wird hier nicht dem Gaumen geboten, sondern dem Ärger! Nun frißt er mit grimmigem Behagen den stillen Krieg, der zwischen den gezuckerten Kringeln und den kochenden Würstchen ausgefochten wird, und den sauren Schweißgeruch, der aus der feindlichen Nachbarschaft von Bier und Kaffee resultiert. Dort ein bekümmerter Gast vor einer Tasse heißer, dampfender Brühe, den Löffel in der Rechten, in der Linken den eingespannten *Fridericus*. Die Zigarre verkohlt indessen auf der soliden Opferschale aus bläulichem Steingut und entwickelt dünne, blaue Fäden aus Rauch. Haschisch des Mittelstandes. Das Radio ist eingestellt auf irgendeinen benachbarten Sender. Er verbreitet im Raum den uralten Schlager der »Mädis vom Chantant«, von denen uns ein ganzer Weltkrieg getrennt hatte, bevor wir in diese Konditorei gekommen waren. Nun ist alles ausgelöscht, was dazwischen gewesen. Eine wohlgelaunte Stimme aus dem Grab, Welle Friedhof, wiederholt mit robuster Ausdauer den Refrain:

Alle sind wir Sünder, …
und nimmt sich, nimmt sich, nimmt sich, nimmt sich
eine Neu---eh!

Es nimmt sich grauenhaft aus, mit lebendigem Ohr Gesänge aus der Unterwelt zu vernehmen. Eine elektrische Uhr tickt mit hartem, metallischem Schlag zwischen jede Pause, die der Sänger macht. Der Herr gegenüber raschelt mit dem *Fridericus* und schlürft seine Brühe mit dem Schnurrbart. Und am Fenster vorbei rinnt der Regen. Schon wälzt sich der Abend heran wie eine dunkle, graue Lawine. Ganz allein werde ich mich gegen ihn stemmen müssen (denn Flucht vor ihm ist unmöglich), bis er zur Mitternacht erstarrt ist und liegenbleibt, schweigsam und gefroren. Dann werde ich schlafen. Schlafen und nichts wissen …

Fred Endrikat

Der Zäisig aus der kalten Häimat

Der Haerbst is da. Ojeh – ojeh.
De Blaetter fallen un der Schnee.
Das is fir mich de schlimmste Zäit,
waenn's hier im Walde friert un schnäit.
Ich pfäif schon immer läiser,
bald bin ich schon ganz häiser.
De Bäinchen sind ganz stäif un starr,
ich läide so am Brustkatarrh.
Ich armer, kläiner Zäisig
bin hintenrum ganz äisig.
De Sterche un de Schwalben ziehn
zum Sieden, wo de Palmen blihn.
Se kommen wieder erst im Mäi,
doch ich bläib mäiner Häimat treu.
Äin altes, gutes Sprichwort lehrt:
»Äin äigner Herd is Goldes wert.«
Bäi mir is das jrad umjekehrt.
Der wäiß, wer kalte Bäinchen kennt,
was nidzt äin Herd, wenn er nich brennd?
Nu sitz ich da im Kummer
un warte auf den Summer.

Der Herbst erzählt Geschichten

Ländliche Kurzweil

Um die Herbstzeit, wenn man abends
Feld und Garten gerne wieder
Tauschet mit dem wärmern Zimmer,
Bald auch schon den lang verschmähten
Ofen sieht mit andern Augen,
Jetzo noch zweideutigen:
Haben wir hier auf dem Lande
Noch die allerschönsten Stunden
Müßig halb und halb geschäftig
Plaudernder Geselligkeit.

Eduard Mörike

E.T.A. Hoffmann

Der Sandmann

Gewiß seid Ihr alle voll Unruhe, daß ich so lange – lange nicht geschrieben. Mutter zürnt wohl, und Clara mag glauben, ich lebe hier in Saus und Braus und vergesse mein holdes Engelsbild, so tief mir in Herz und Sinn eingeprägt, ganz und gar. – Dem ist aber nicht so; täglich und stündlich gedenke ich Eurer aller, und in süßen Träumen geht meines holden Clärchens freundliche Gestalt vorüber und lächelt mich mit ihren hellen Augen so anmutig an, wie sie wohl pflegte, wenn ich zu Euch hineintrat. – Ach, wie vermochte ich denn Euch zu schreiben in der zerrissenen Stimmung des Geistes, die mir bisher alle Gedanken verstörte! – Etwas Entsetzliches ist in mein Leben getreten! – Dunkle Ahnungen eines gräßlichen mir drohenden Geschicks breiten sich wie schwarze Wolkenschatten über mich aus, undurchdringlich jedem freundlichen Sonnenstrahl. – Nun soll ich Dir sagen, was mir widerfuhr. Ich muß es, das sehe ich ein, aber nur es denkend, lacht es wie toll aus mir heraus. – Ach, mein herzlieber Lothar, wie fange ich es denn an, Dich nur einigermaßen empfinden zu lassen, daß das, was mir vor einigen Tagen geschah, denn wirklich mein Leben so feindlich zerstören konnte! Wärst Du nur hier, so könntest Du selbst schauen, aber jetzt hältst Du mich gewiß für einen aberwitzigen Geisterseher. – Kurz und gut, das Entsetzliche, das mir geschah, dessen tödlichen Eindruck zu vermeiden ich mich vergebens bemühe, besteht in nichts anderm, als daß vor einigen Tagen, nämlich am 30. Oktober, mittags um 12 Uhr, ein Wetterglashändler in meine Stube trat und mir seine Ware anbot. Ich kaufte nichts und drohte, ihn die Treppe herabzuwerfen, worauf er aber von selbst fortging. –

Du ahnest, daß nur ganz eigne, tief in mein Leben eingreifende Beziehungen diesem Vorfall Bedeutung geben können, ja, daß wohl die Person jenes unglückseligen Krämers gar feindlich auf mich wirken muß. So ist es in der Tat. Mit aller Kraft fasse ich mich zusammen, um ruhig und geduldig Dir aus meiner frühern Jugendzeit so viel zu erzählen, daß Deinem regen Sinn alles klar und deutlich in leuchtenden Bildern aufgehen wird. Indem ich anfangen will, höre ich Dich lachen und Clara sagen: »Das sind ja rechte Kindereien!« – Lacht, ich bitte Euch, lacht mich recht herzlich aus! – Ich bitt' Euch sehr! – Aber Gott im Himmel! Die Haare sträuben sich mir, und es ist, als flehe ich Euch an, mich auszulachen, in wahnsinniger Verzweiflung, wie Franz Moor den Daniel. – Nun fort zur Sache! –

Außer dem Mittagessen sahen wir, ich und meine Geschwister, tagsüber den Vater wenig. Er mochte mit seinem Dienst viel beschäftigt sein. Nach dem Abendessen, das alter Sitte gemäß schon um sieben Uhr aufgetragen wurde, gingen wir alle, die Mutter mit uns, in des Vaters Arbeitszimmer und setzten uns um einen runden Tisch. Der Vater rauchte Tabak und trank ein großes Glas Bier dazu. Oft erzählte er uns viele wunderbare Geschichten und geriet darüber so in Eifer, daß ihm die Pfeife ausging, die ich, ihm brennend Papier hinhaltend, wieder anzünden mußte, welches mir denn ein Hauptspaß war. Oft gab er uns aber Bilderbücher in die Hände, saß stumm und starr in seinem Lehnstuhl und blies starke Dampfwolken von sich, daß wir alle wie im Nebel schwammen. An solchen Abenden war die Mutter sehr traurig, und kaum schlug die Uhr neun, so sprach sie: »Nun, Kinder! – Zu Bette! Zu Bette! Der Sandmann kommt, ich merk' es schon.« Wirklich hörte ich dann jedesmal etwas schweren, langsamen Tritts die Treppe heraufpoltern; das mußte der Sandmann sein. Einmal war mir jenes dumpfe Treten und Poltern besonders graulich; ich frug die Mutter, indem sie uns fortführte: »Ei,

Mama! Wer ist denn der böse Sandmann, der uns immer von Papa forttreibt? – Wie sieht er denn aus?« »Es gibt keinen Sandmann, mein liebes Kind«, erwiderte die Mutter: »Wenn ich sage, der Sandmann kommt, so will das nur heißen, ihr seid schläfrig und könnt die Augen nicht offen behalten, als hätte man euch Sand hineingestreut.« – Der Mutter Antwort befriedigte mich nicht, ja, in meinem kindischen Gemüt entfaltete sich deutlich der Gedanke, daß die Mutter den Sandmann nur verleugne, damit wir uns vor ihm nicht fürchten sollten, ich hörte ihn ja immer die Treppe heraufkommen. Voll Neugierde, Näheres von diesem Sandmann und seiner Beziehung auf uns Kinder zu erfahren, frug ich endlich die alte Frau, die meine jüngste Schwester wartete, was denn das für ein Mann sei, der Sandmann. »Ei, Thanelchen«, erwiderte diese, »weißt du das noch nicht? Das ist ein böser Mann, der kommt zu den Kindern, wenn sie nicht zu Bett gehen wollen, und wirft ihnen Hände voll Sand in die Augen, daß sie blutig zum Kopf herausspringen, die wirft er dann in den Sack und trägt sie in den Halbmond zur Atzung für seine Kinderchen; die sitzen dort im Nest und haben krumme Schnäbel wie die Eulen, damit picken sie der unartigen Menschenkindlein Augen auf.« – Gräßlich malte sich nun im Innern mir das Bild des grausamen Sandmanns aus; sowie es abends die Treppe heraufpolterte, zitterte ich vor Angst und Entsetzen. Nichts als den unter Tränen hergestotterten Ruf: »Der Sandmann! Der Sandmann!« konnte die Mutter aus mir herausbringen. Ich lief darauf in das Schlafzimmer, und wohl die ganze Nacht über quälte mich die fürchterliche Erscheinung des Sandmanns. – Schon alt genug war ich geworden, um einzusehen, daß es mit dem Sandmann und seinem Kindernest im Halbmonde, so wie es mir die Wartefrau erzählt hatte, wohl nicht ganz seine Richtigkeit haben könne; indessen blieb mir der Sandmann ein fürchterliches Gespenst, und Grauen – Entsetzen ergriff mich, wenn ich ihn nicht allein die Treppe heraufkommen, sondern auch meines Vaters Stubentür heftig aufreißen und hineintreten hörte. Manchmal blieb er lange weg, dann kam er öfter hintereinander. Jahrelang dauerte das, und nicht gewöhnen konnte ich mich an den unheimlichen Spuk, nicht bleicher wurde in mir das Bild des grausigen Sandmanns. Sein Umgang mit dem Vater fing an, meine Fantasie immer mehr und mehr zu beschäftigen; den Vater darum zu befragen, hielt mich eine unüberwindliche Scheu zurück, aber selbst – selbst das Geheimnis zu erforschen, den fabelhaften Sandmann zu sehen, dazu keimte mit den Jahren immer mehr die Lust in mir empor. Der Sandmann hatte mich auf die Bahn des Wunderbaren, Abenteuerlichen gebracht, das so schon leicht im kindlichen Gemüt sich einnistet. Nichts war mir lieber, als schauerliche Geschichten von Kobolden, Hexen, Däumlingen und so weiter zu hören oder zu lesen; aber obenan stand immer der Sandmann, den ich in den seltsamsten, abscheulichsten Gestalten überall auf Tische, Schränke und Wände mit Kreide, Kohle hinzeichnete. Als ich zehn Jahre alt geworden, wies mich die Mutter aus der Kinderstube in ein Kämmerchen, das auf dem Korridor unfern von meines Vaters Zimmer lag. Noch immer mußten wir uns, wenn auf den Schlag neun Uhr sich jener Unbekannte im Hause hören ließ, schnell entfernen. In meinem Kämmerchen vernahm ich, wie er bei dem Vater hineintrat, und bald darauf war es mir dann, als verbreite sich im Hause ein feiner, seltsam riechender Dampf. Immer höher mit der Neugierde wuchs der Mut, auf irgendeine Weise des Sandmanns Bekanntschaft zu machen. Oft schlich ich schnell aus dem Kämmerchen auf den Korridor, wenn die Mutter vorübergegangen, aber nichts konnte ich erlauschen, denn immer war der Sandmann schon zur Türe hinein, wenn ich den Platz erreicht hatte, wo er mir sichtbar werden mußte. Endlich, von unwiderstehlichem Drange getrieben, beschloß ich, im Zimmer des Vaters selbst mich zu verbergen und den Sandmann zu erwarten.

An des Vaters Schweigen, an der Mutter Traurigkeit merkte ich eines Abends, daß der Sandmann kommen werde; ich schützte daher große Müdigkeit vor, verließ schon vor neun Uhr das Zimmer und verbarg mich dicht neben der Türe in einem Schlupfwinkel. Die Haustür knarrte, durch den Flur ging es, langsamen, schweren, dröhnenden Schrittes nach der Treppe. Die Mutter eilte mit dem Geschwister mir vorüber. Leise – leise öffnete ich des Vaters Stubentür. Er saß, wie gewöhnlich, stumm und starr, den Rücken der Türe zugekehrt, er bemerkte mich nicht, schnell war ich hinein und hinter der Gardine, die einem gleich neben der Türe stehenden offnen Schrank, worin meines Vaters Kleider hingen, vorgezogen war. – Näher – immer näher dröhnten die Tritte – es hustete und scharrte und brummte seltsam draußen. Das Herz bebte mir vor Angst und Erwartung. – Dicht, dicht vor der Türe ein scharfer Tritt – ein heftiger Schlag auf die Klinke, die Tür springt rasselnd auf! – Mit Gewalt mich ermannend, gucke ich behutsam hervor. Der Sandmann steht mitten in der Stube vor meinem Vater, der helle Schein der Lichter brennt ihm ins Gesicht! – Der Sandmann, der fürchterliche Sandmann ist der alte Advokat Coppelius, der manchmal bei uns zu Mittage ißt! –

Aber die gräßlichste Gestalt hätte mir nicht tieferes Entsetzen erregen können als eben dieser Coppelius. – Denke Dir einen großen breitschultrigen Mann mit einem unförmlich dicken Kopf, erdgelbem Gesicht, buschichten grauen Augenbrauen, unter denen ein Paar grünliche Katzenaugen stechend hervorfunkeln, großer, starker, über die Oberlippe gezogener Nase. Das schiefe Maul verzieht sich oft zum hämischen Lachen; dann werden auf den Backen ein paar dunkelrote Flecke sichtbar, und ein seltsam zischender Ton fährt durch die zusammengekniffenen Zähne. Coppelius erschien immer in einem altmodisch zugeschnittenen aschgrauen Rocke, ebensolcher Weste und gleichen Beinkleidern, aber dazu schwarze

Strümpfe und Schuhe mit kleinen Steinschnallen. Die kleine Perücke reichte kaum bis über den Kopfwirbel heraus, die Kleblocken standen hoch über den großen roten Ohren, und ein breiter verschlossener Haarbeutel starrte von dem Nacken weg, so daß man die silberne Schnalle sah, die die gefältete Halsbinde schloß. Die ganze Figur war überhaupt widrig und abscheulich; aber vor allem waren uns Kindern seine großen, knotichten, haarichten Fäuste zuwider, so daß wir, was er damit berührte, nicht mehr mochten. Das hatte er bemerkt, und nun war es seine Freude, irgendein Stückchen Kuchen oder eine süße Frucht, die uns die gute Mutter heimlich auf den Teller gelegt, unter diesem oder jenem Vorwande zu berühren, daß wir, helle Tränen in den Augen, die Näscherei, der wir uns erfreuen sollten, nicht mehr genießen mochten vor Ekel und Abscheu. Ebenso machte er es, wenn uns an Feiertagen der Vater ein klein Gläschen süßen Weins eingeschenkt hatte. Dann fuhr er schnell mit der Faust herüber oder brachte wohl gar das Glas an die blauen Lippen und lachte recht teuflisch, wenn wir unsern Ärger nur leise schluchzend äußern durften. Er pflegte uns nur immer die kleinen Bestien zu nennen; wir durften, war er zugegen, keinen Laut von uns geben und verwünschten den häßlichen, feindlichen Mann, der uns recht mit Bedacht und Absicht auch die kleinste Freude verdarb. Die Mutter schien ebenso wie wir den widerwärtigen Coppelius zu hassen, denn sowie er sich zeigte, war ihr Frohsinn, ihr heiteres, unbefangenes Wesen umgewandelt in traurigen, düstern Ernst. Der Vater betrug sich gegen ihn, als sei er ein höheres Wesen, dessen Unarten man dulden und das man auf jede Weise bei guter Laune erhalten müsse. Er durfte nur leise andeuten, und Lieblingsgerichte wurden gekocht und seltene Weine kredenzt.

Als ich nun diesen Coppelius sah, ging es grausig und entsetzlich in meiner Seele auf, daß ja niemand anders als er der Sandmann sein könne, aber der Sandmann war mir nicht mehr jener Popanz aus dem Ammenmärchen, der dem Eulennest im Halbmonde Kinderaugen zur Atzung holt, – nein! – ein häßlicher gespenstischer Unhold, der überall, wo er einschreitet, Jammer – Not – zeitliches, ewiges Verderben bringt.

Ich war festgezaubert. Auf die Gefahr, entdeckt und, wie ich deutlich dachte, hart gestraft zu werden, blieb ich stehen, den Kopf lauschend durch die Gardine hervorgestreckt. Mein Vater empfing den Coppelius feierlich. »Auf! – Zum Werk«, rief dieser mit heiserer schnarrender Stimme und warf den Rock ab. Der Vater zog still und finster seinen Schlafrock aus, und beide kleideten sich in lange schwarze Kittel. Wo sie *die* hernahmen, hatte ich übersehen. Der Vater öffnete die Flügeltür eines Wandschranks; aber ich sah, daß das, was ich so lange dafür gehalten, kein Wandschrank, sondern vielmehr eine schwarze Höhlung war, in der ein kleiner Herd stand. Coppelius trat hinzu, und eine blaue Flamme knisterte auf dem Herde empor. Allerlei seltsames Geräte stand umher. Ach Gott! – Wie sich nun mein alter Vater zum Feuer herabbückte, da sah er ganz anders aus. Ein gräßlicher krampfhafter Schmerz schien seine sanften, ehrlichen Züge zum häßlichen widerwärtigen Teufelsbilde verzogen zu haben. Er sah dem Coppelius ähnlich. Dieser schwang die glutrote Zange und holte damit hellblinkende Massen aus dem dicken Qualm, die er dann emsig hämmerte. Mir war es, als würden Menschengesichter ringsumher sichtbar, aber ohne Augen – scheußliche, tiefe, schwarze Höhlen statt ihrer. »Augen her, Augen her!« rief Coppelius mit dumpfer dröhnender Stimme. Ich kreischte auf, von wildem Entsetzen gewaltig erfaßt, und stürzte aus meinem Versteck heraus auf den Boden. Da ergriff mich Coppelius. »Kleine Bestie! – Kleine Bestie!« meckerte er zähnefletschend – riß mich auf und warf mich auf den Herd, daß die Flamme mein Haar zu sengen begann: »Nun haben wir Augen – Augen – ein schön' Paar Kinderaugen.«

So flüsterte Coppelius und griff mit den Fäusten glutrote Körner aus der Flamme, die er mir in die Augen streuen wollte. Da hob mein Vater flehend die Hände empor und rief: »Meister! Meister! Laß meinem Nathanael die Augen – laß sie ihm!« Coppelius lachte gellend auf und rief: »Mag denn der Junge die Augen behalten und sein Pensum flennen in der Welt, aber nun wollen wir doch den Mechanismus der Hände und der Füße recht observieren.« Und damit faßte er mich gewaltig, daß die Gelenke knackten, und schrob mir die Hände und die Füße und setzte sie bald hier, bald dort wieder ein. »'s steht doch überall nicht recht! 's gut, so wie es war! – Der Alte hat's verstanden!« So zischte und lispelte Coppelius; aber alles um mich her wurde schwarz und finster, ein jäher Krampf durchzuckte Nerv und Gebein – ich fühlte nichts mehr. Ein sanfter, warmer Hauch glitt über mein Gesicht, ich erwachte wie aus dem Todesschlaf, die Mutter hatte sich über mich hingebeugt. »Ist der Sandmann noch da?« stammelte ich. »Nein, mein liebes Kind, der ist lange, lange fort, der tut dir keinen Schaden!« – So sprach die Mutter und küßte und herzte den wiedergewonnenen Liebling.

Was soll ich Dich ermüden, mein herzlieber Lothar! Was soll ich so weitläufig einzelnes hererzählen, da noch so vieles zu sagen übrigbleibt? Genug! – Ich war bei der Lauscherei entdeckt und von Coppelius mißhandelt worden. Angst und Schrecken hatten mir ein hitziges Fieber zugezogen, an dem ich mehrere Wochen krank lag. »Ist der Sandmann noch da?« – Das war mein erstes gesundes Wort und das Zeichen meiner Genesung, meiner Rettung. – Nur noch den schrecklichsten Moment meiner Jugendjahre darf ich Dir erzählen; dann wirst Du überzeugt sein, daß es nicht meiner Augen Blödigkeit ist, wenn mir nun alles farblos erscheint, sondern daß ein dunkles Verhängnis wirklich einen trüben Wolkenschleier über mein Leben gehängt hat, den ich vielleicht nur sterbend zerreiße. –

Coppelius ließ sich nicht mehr sehen, es hieß, er habe die Stadt verlassen.

Ein Jahr mochte vergangen sein, als wir der alten, unveränderten Sitte gemäß abends an dem runden Tische saßen. Der Vater war sehr heiter und erzählte viel Ergötzliches von den Reisen, die er in seiner Jugend gemacht. Da hörten wir, als es neune schlug, plötzlich die Haustür in den Angeln knarren, und langsame, eisenschwere Schritte dröhnten durch den Hausflur die Treppe herauf. »Das ist Coppelius«, sagte meine Mutter erblassend. »Ja! – Es ist Coppelius«, wiederholte der Vater mit matter, gebrochener Stimme. Die Tränen stürzten der Mutter aus den Augen. »Aber Vater, Vater!« rief sie, »muß es denn so sein?« »Zum letzten Male!« erwiderte dieser, »zum letzten Male kommt er zu mir, ich verspreche es dir. Geh nur, geh mit den Kindern! – Geht – geht zu Bette! Gute Nacht!«

Mir war es, als sei ich in schweren kalten Stein eingepreßt – mein Atem stockte! – Die Mutter ergriff mich beim Arm, als ich unbeweglich stehenblieb: »Komm, Nathanael, komme nur!« – Ich ließ mich fortführen, ich trat in meine Kammer. »Sei ruhig, sei ruhig, lege dich ins Bette! – Schlafe – schlafe«, rief mir die Mutter nach; aber von unbeschreiblicher innerer Angst und Unruhe gequält, konnte ich kein Auge zutun. Der verhaßte, abscheuliche Coppelius stand vor mir mit funkelnden Augen und lachte mich hämisch an, vergebens trachtete ich, sein Bild loszuwerden. Es mochte wohl schon Mitternacht sein, als ein entsetzlicher Schlag geschah, wie wenn ein Geschütz losgefeuert würde. Das ganze Haus erdröhnte, es rasselte und rauschte bei meiner Türe vorüber, die Haustüre wurde klirrend zugeworfen. »Das ist Coppelius!« rief ich entsetzt und sprang aus dem Bette. Da kreischte es auf in schneidendem, trostlosem Jammer, fort stürzte ich nach des Vaters Zimmer, die Türe stand offen, erstickender Dampf quoll mir entgegen, das Dienstmädchen schrie: »Ach, der Herr! – Der Herr!« – Vor dem dampfenden Herde auf dem

Boden lag mein Vater tot mit schwarz verbranntem, gräßlich verzerrtem Gesicht, um ihn herum heulten und winselten die Schwestern – die Mutter ohnmächtig daneben! – »Coppelius, verruchter Satan, du hast den Vater erschlagen!« – So schrie ich auf; mir vergingen die Sinne. Als man zwei Tage darauf meinen Vater in den Sarg legte, waren seine Gesichtszüge wieder mild und sanft geworden, wie sie im Leben waren. Tröstend ging es in meiner Seele auf, daß sein Bund mit dem teuflischen Coppelius ihn nicht ins ewige Verderben gestürzt haben könne. –

Die Explosion hatte die Nachbarn geweckt, der Vorfall wurde ruchbar und kam vor die Obrigkeit, welche den Coppelius zur Verantwortung vorfordern wollte. Der war aber spurlos vom Orte verschwunden.

Wenn ich Dir nun sage, mein herzlieber Freund, daß jener Wetterglashändler eben der verruchte Coppelius war, so wirst Du mir es nicht verargen, daß ich die feindliche Erscheinung als schweres Unheil bringend deute. Er war anders gekleidet, aber Coppelius' Figur und Gesichtszüge sind zu tief in mein Innerstes eingeprägt, als daß hier ein Irrtum möglich sein sollte. Zudem hat Coppelius nicht einmal seinen Namen geändert. Er gibt sich hier, wie ich höre, für einen piemontesischen Mechanikus aus und nennt sich Giuseppe Coppola.

Ich bin entschlossen, es mit ihm aufzunehmen und des Vaters Tod zu rächen, mag es denn nun gehen, wie es will.

Der Mutter erzähle nichts von dem Erscheinen des gräßlichen Unholds – grüße meine liebe holde Clara, ich schreibe ihr in ruhigerer Gemütsstimmung. Lebe wohl et cetera, et cetera.

Heinrich Seidel

Die Nebeldroschke

Man hat immer geglaubt, Gasbeleuchtung und Eisenbahnen seien der Tod der Gespenster. Das ist nicht richtig; ein Gespenst gewöhnt sich an alles. Wenn das abschreckende Neue erst alt geworden ist und Generationen in seiner Gewöhnung aufgewachsen sind, so wagt sich schüchtern das nebelbeinige Phantom wieder hervor aus dem Asyl alter, verfallener Waldschlösser, wo es ein trauriges und angezweifeltes Dasein führte, und in neuen Formen und veränderten Gestalten kehrt es zurück in sein Verhältnis zu den Lebenden. Selbst das nüchterne, moderne Berlin besitzt eine eigentümliche, furchtbare Gespenstergattung, die in nebligen und dunstigen Nächten mit empfänglichen Gemütern ihr grauliches und wunderbares Spiel treibt.

Es ist bisher nicht aufgeklärt worden, welches Verbrechen der unglückselige Kutschergeist, der des Nachts die Nebeldroschke führt, zu sühnen hat. Vermutungen sind manche vorhanden. Man erzählt davon eine ähnliche Sage, wie von jenem Fuhrmann, dessen Geschäft ihm so wohl gefiel, daß er sich verschwor, den Himmel gern entbehren zu wollen, wenn er nur ewig als ein lustiger Fuhrmann weiter kutschieren dürfe. Sein Wille ging in Erfüllung; er kam nicht in den Himmel, wohl aber an den Himmel, wo er im Sternbild des großen Wagens über dem Mittelstern der Deichsel ewig durch den unendlichen Raum dahinsaust. In sternklaren stillen Winternächten hört man zuweilen das Knallen seiner Peitsche.

Diese Sage, entsprechend auf den Nebeldroschkenkutscher angewendet, hat leider nicht den Vorzug der Wahrscheinlichkeit für sich; denn der Wunsch: statt in den Himmel – ja sogar statt in die Hölle – zu kommen, ewig eine Berliner Droschke zu fahren, eine solche Verirrung des menschlichen Geistes ist undenkbar! Übrigens mag ihre Entstehung sein, welche sie wolle – die sagenbildende Kraft des Volkes wird mit der Zeit schon das Richtige feststellen – so viel bleibt sicher, die Nebeldroschke ist eine Tatsache – dies weiß ich durch die Versicherung eines ebenso ehrenwerten als glaubwürdigen Mannes, des Herrn Tobias Gründler, der dieses Fahrzeug aus eigener Anschauung und Benutzung kennengelernt hat.

Herr Tobias Gründler ist ein junger Mann ohne Aberglauben und Vorurteile. Er schwört auf Haeckel und Darwin, von deren Schriften er allerdings nie eine Zeile gelesen hat und über deren Theorien seine Vorstellungen überaus dunkel und unklar sind. Herr Gründler gehört nämlich zu jenen Verehrern des Fortschritts, denen es nicht um dessen Verständnis zu tun ist, sondern ihm nur anhängen, weil er das Lärmmachende in der Welt ist, und weil sie gern einen Schimmer von Starkgeistigkeit um sich verbreiten möchten. Es wäre beleidigend, wollte man Herrn Gründler auch nur den Hauch des Glaubens an Geister und Gespenster und ähnliches längst überwundenes Ammentum zumuten; allein, wenn man das Gespräch auf die Nebeldroschke bringt, so legt sich seine Stirn in nachdenkliche Falten, seine Augen nehmen einen besonderen Ausdruck an, und er gewinnt die Miene eines Menschen, dem man im Skat bei einem sonst unantastbaren Null die Farbe anspielt, darin er den König blank hat.

Es war eines schönen Abends bei Moselbach; Herr Gründler bestellte gerade den sechsten Schoppen jener Sorte von Moselwein, der unter dem Namen »Kutscher« den Liebhabern des Säuerlichen bekannt ist, und sein Gemüt war infolgedessen in einer angenehmen, mitteilsamen, zu Aufschlüssen geeigneten Stimmung, die bei solchem Getränk eigentlich wunderbar erscheint und wohl auch nur durch lange

Gewöhnung erworben werden kann. An diesem Abend hat er mir sein Erlebnis mit der Nebeldroschke anvertraut.

»Vor einem Jahre im Herbst«, erzählte Herr Gründler, »feierten wir den Geburtstag eines meiner Bekannten, eines Bildhauers, in dessen Atelier. Wie Sie sich wohl denken können, wurde viel Punsch getrunken, eine eigentümliche Sorte: Herbstpunsch genannt, ein teufelsmäßiges Getränk, dessen Rezept direkt aus der Hölle stammt. Ich erinnere mich, daß ich nach seinem Genuß sehr heiter wurde. Draußen war eine echte, naßkalte, nebliche Herbstnacht; der erste Schnee war gefallen und wieder im Vergehen; die ganze Natur war melancholisch; der Mensch aber fühlte sich verlockt, ihr ein Schnippchen zu schlagen und nun doppelt lustig zu sein. Es ist mir dunkel im Gedächtnis, daß ich in jener Nacht mit Menschen Brüderschaft getrunken habe, die mir niemals vorher oder nachher in meinem Leben wieder begegnet sind. Ich habe eine dämmerige Vorstellung von einer schwärmerischen Neigung zu dem Gipsmodell einer Venus und daß ich nur mit Mühe zurückgehalten werden konnte, ihr auf den Knien meine Liebe zu erklären und ihr Punsch zu trinken zu geben. Über diesen Moment hinaus werden alle meine Vorstellungen verworren, bis ich mich im Nebel allein auf der Straße wiederfinde, durch den nassen Schnee patschend, in einem dunklen Drange, meine weitentlegene Wohnung und mein sicheres Bett zu gewinnen. Der nächste Weg dorthin führte im Zickzack durch viele Straßen, die ich mit der müden Verdrossenheit eines Droschkenpferdes durchtappte. – Nach einer Weile erwachte in mir der Wunsch zu fahren; bis jetzt aber war mir auf meinem Wege noch keine Droschke begegnet. Die Straßen waren bei der späten Nachtzeit schon wie ausgestorben. Endlich an der nächsten Ecke leuchtete ein matter, verschwommener Schein durch den Nebel; dort hielt ein Wagen. Trotz meiner Müdigkeit faßte mich ein seltsames Grauen, ein Widerwille gegen dieses Gefährt, als ich ihm nähertrat. Obgleich ich es mit den Händen berühren konnte, wollte es sich doch nicht mit klarer Bestimmtheit aus dem Nebel ablösen. Bei dem alten Schimmel, der gesenkten Hauptes dastand, konnte man kaum unterscheiden, wo das Pferd anfing und wo der Nebel aufhörte. Vom Gesicht des Kutschers sah ich nur einen blassen Schein; mir war, als sähe er mich mit hohlen Augen auffordernd an und winkte mit seiner Peitsche. Mir schauderte und ich tappte weiter. – An der nächsten Ecke traf ich wieder eine Droschke. Merkwürdig, es war zweifellos dieselbe wie vorher; sie zeigte sich meinen Blicken bestimmter, und ich sah deutlich, wie der alte Schimmel, ganz der nämliche von der früheren Ecke, aus seinen Nasenlöchern zwei gleichmäßige Dunstströme in den Nebel hinausblies, als sei noch nicht genug von diesem Stoff vorhanden. Der Kutscher sah mich wiederum mit den hohlen Augen auffordernd an und winkte schweigend mit der Peitsche; wieder ging ich vorüber.

Ich will gehängt sein, wenn an der nächsten Ecke nicht ganz dieselbe Droschke hielt, der ich schon zweimal begegnet war! Jetzt trat sie mir so deutlich entgegen, wie es bei dem starken Nebel nur erwartet werden konnte. Meine Müdigkeit war inzwischen so groß geworden, daß sie meine Besorgnis überwand; mit rasch gefaßtem Entschluß trat ich näher und rief dem Kutscher Straße und Nummer meiner Wohnung zu. Dann hielt ich ihm das Geld hin, das er zu fordern hatte, allein er nahm es nicht, sondern schüttelte traurig das Haupt und winkte mir schweigend mit der Peitsche, einzusteigen.

Mein Geist war zu müde, um sich zu verwundern; auch daß die Droschke, wie ich beim Einsteigen bemerkte, die Nummer »0« führte, erregte kaum meine Aufmerksamkeit. Ich muß sofort eingeschlafen sein, denn außer einer dumpfen Verwunderung, daß die Räder der Droschke beim Davonfahren gar kein Geräusch machten und daß der Huftritt des Schimmels durchaus unvernehmlich blieb, ist mir von dem, was zunächst geschah, nichts in der Erinnerung geblieben.

Wie lange ich in dieser Weise gefahren bin, weiß ich nicht genau; doch als ich endlich wieder zu mir kam, zeigte mir der hellere Schein des Nebels, daß der Anbruch des Morgens nicht mehr fern sei. Ich konnte mich in die Sachlage anfangs nicht finden. Dies geräuschlose Dahinfahren erschien mir so fremdartig, so spukhaft und geheimnisvoll, daß ich zunächst dachte, ich sei in einem Traum befangen. Ich blickte aus dem Fenster: so weit ich sehen konnte, eine weite, mit zerfließendem Schnee bedeckte Fläche; in kleinen Vertiefungen stand blankes Wasser. Zuweilen glitt die in Nebel gehüllte Gestalt eines Baumes oder eines niedrigen Busches vorüber, und plötzlich ward mir klar, daß ich mich gar nicht mehr in der Stadt befand. Meine erste Regung war natürlich, den Kutscher zum Halten zu bringen und ihn zur Rede zu stellen. Vor mir, durch das Glasfenster, sah ich seinen breiten, dunklen Rücken; der Kopf war etwas nach vorn geneigt, vielleicht war der Mensch eingeschlafen, und der Schimmel nachtwandelte in dunkler Sehnsucht nach den Gefilden seiner Jugend eigene Wege. Ich rief, ich schrie, ich klopfte ans Fenster, allein dies machte keine Wirkung. Endlich nahm ich meinen Stock und steckte ihn durch das kleine, halbmondförmige Loch des Vorderfensters, um den Kutscher aus seiner Ruhe aufzustören, allein – ohne jeglichen Widerstand fuhr der Stock durch den Leib des Rosselenkers hindurch und die Droschke fuhr weiter. Da überfiel mich ein kaltes Grausen, wie ich es nie zuvor gekannt hatte. In einer Art von stillem Wahnsinn bohrte ich meinen Stock fortwährend in den gespenstischen Fuhrmann hinein, in der dunklen Hoffnung, endlich doch noch auf einen Widerstand zu stoßen; allein blasser und blasser wurde jetzt sein Umriß und verschwamm in dem alles erfüllenden Nebel. Fast gleichzeitig empfand ich ein Brausen in den Ohren, ein Klingen –; ein Ruck, ein scharfer Stoß – ich verlor die Besinnung!

Als ich wieder zu mir kam, war es Tag, soweit es unter den obwaltenden Witterungsverhältnissen überhaupt Tag sein konnte. Ich saß allein auf weitem Felde in einer Schneelache und ringsum war nichts als der einsame, dichte, traurige Nebel.

Müde, erfroren und in der jämmerlichsten Stimmung machte ich mich auf und fand nach langem Suchen eine Chaussee, die mich nach etwa einer halben Stunde wieder zu bewohnten Gegenden in die Straßenwelt Berlins zurückführte.

»Seit jener Zeit bin ich niemals wieder in einer Berliner Nachtdroschke gefahren«, sagte Herr Tobias Gründler, seine Erzählung schließend.

Dann rief er den Kellner herbei und bestellte den siebenten Schoppen, den »Nebelkutscher«.

Ernst Meister

Vogelwolke

Ein Abend,
starrend von Staren …
und wärs auch
Wortspiel, es schafft sich
Wahrheit,
so schwarzes Gezwitscher,
ein unerhörtes
im Labyrinth.

Das muß
der Herbst sein. Er
runzelt die Braue:
Die Vogelwolke
steigt auf aus
besudelten Wipfeln

und nimmt nach
Norden
unverständliche Richtung.

Arthur Conan Doyle

Der Hund von Baskerville

Wie schon erwähnt, lagerte dichter Nebel über dem Grimpener Loch. Er wälzte sich jetzt langsam in unsere Richtung und stand in einiger Entfernung wie eine niedrige weiße, scharf abgegrenzte Wand. Der Mond beschien sie, und sie glich einem großen schimmernden Gletscher. Die Felsspitzen, die daraus hervorragten, glichen den Steinblöcken, die von solchem wandernden Eis getragen werden. Holmes beobachtete diese Nebelfläche, und ich hörte ihn unwillig brummen, als sie sich allmählich immer näher an uns heranschob.

»Es kommt auf uns zu, Watson.«

»Stört das?«

»Allerdings. Es ist das einzige auf der Welt, was meine Pläne stören könnte. Er kann jetzt nicht mehr lange bleiben, denn es ist bereits zehn Uhr. Unser Erfolg und vielleicht sein Leben hängen davon ab, daß er das Haus verläßt, ehe der Nebel den Weg bedeckt.«

Der Nachthimmel stand in klarer Schönheit über uns. In der Kälte funkelten die Sterne hell, während der Halbmond die Landschaft mit einem sanften, ungewissen Licht übergoß. Vor uns lag die dunkle Masse des Hauses; das Giebeldach und die hohen Schornsteine hoben sich scharf vom sternbedeckten Himmel ab. Breite Lichtstreifen ergossen sich golden aus den Fenstern des Erdgeschosses über den Garten und das Moor. Plötzlich verschwand einer dieser Streifen. Die Dienstboten hatten die Küche verlassen. Es blieb nur noch im Speisezimmer hell, in dem die beiden Männer saßen, der mörderische Gastgeber und der ahnungslose Gast, und bei ihren Zigarren plauderten. Mit jeder Minute schob sich die weiße, wattige Fläche, die bereits die Hälfte des Moores bedeckte, näher an das Haus heran. Schon kräuselten sich die ersten feinen Ausläufer des Nebels vor dem goldenen Viereck des erleuchteten Fensters. Die rückwärtige Mauer des Obstgartens war bereits unsichtbar, und die Bäume erhoben sich aus einem brodelnden weißen Dampf. Schon wälzten sich Nebelstreifen um beide Ecken des Hauses herum und vereinigten sich zu einer dichten Wolkenbank, auf der das obere Stockwerk mit dem Dach wie ein seltsames Schiff auf einem gespenstischen Meer schwamm. Holmes schlug aufgeregt mit der Faust auf den Felsen, der uns als Versteck diente, und stampfte vor Ungeduld mit dem Fuß.

»Wenn er nicht innerhalb einer Viertelstunde draußen ist, wird der Weg mit Nebel bedeckt sein. In einer halben Stunde können wir keine Hand mehr vor Augen sehen.«

»Wollen wir uns nicht etwas zurückziehen? Hinter uns steigt der Boden an.«

»Ja, das wird wohl das beste sein.«

Wir wichen also vor der Nebelbank zurück, bis wir ungefähr eine halbe Meile vom Hause entfernt waren. Noch immer kroch die weiße Masse mit der mondbeglänzten Oberfläche näher an uns heran, unerbittlich immer näher.

»Wir gehen zu weit«, sagte Holmes. »Wir dürfen es nicht darauf ankommen lassen, daß er eingeholt wird, ehe er an unser Versteck gelangt ist. Hier, wo wir sind, müssen wir auf alle Fälle bleiben.« Er ließ sich auf die Knie nieder und hielt ein Ohr an den Erdboden. »Gott sei Dank, ich glaube, ich höre ihn.«

Wirklich wurden jetzt schnelle Schritte in der Stille des Moors hörbar. An die Felsblöcke geschmiegt, beobachteten wir die Nebelbank, die vor uns lag. Die Schritte wurden lauter, und mit einemmal trat aus dem weißen Nebel der Mann heraus, auf den wir warteten. Er sah sich überrascht um, als er sich plötzlich in einer klaren, sternbeglänzten Nacht wiederfand. Dann eilte er raschen Schrittes auf dem Pfad dahin, an unserem Versteck vorbei und den Hügel hinauf, der sich sanft ansteigend hinter uns erstreckte. Während er vorwärts eilte, sah er sich wiederholt um, wie ein Mann, der keine Ruhe hat.

»Pst!« machte plötzlich Holmes, und ich hörte, wie er seine Pistole zog. »Paßt auf! Er kommt!«

In der heranschleichenden Nebelmasse hörten wir ein leises, aber deutliches und rasches Getrappel. Die Nebelbank lag fünfzig Meter vor uns, und wir starrten alle drei die weiße Fläche an. Was für ein Greuel würde aus ihr auftauchen? Ich lag an Holmes' Seite und warf einen schnellen Blick in sein Gesicht. Er war blaß, aber offenbar frohlockte er innerlich, denn seine Augen glänzten. Plötzlich aber stierte er entsetzt, und seine Lippen öffneten sich vor Erstaunen. Im gleichen Augenblick stieß Lestrade einen Schreckensschrei aus und warf sich mit dem Gesicht auf die Erde. Ich sprang auf, meine zitternde Hand umklammerte den Griff der Pistole, aber ich konnte nicht schießen, denn mein Verstand war gelähmt vom Anblick des grausigen Geschöpfes, das aus dem Nebel hervorgesprungen kam. Es war ein Hund, ein riesiger pechschwarzer Hund, aber ein Hund, wie ihn noch keines Menschen Auge gesehen hat. Feuer sprühte aus seinem offenen Rachen, die Augen glühten, Lefzen und Wamme waren von hellem Glast umloht. Ein Wahnsinniger konnte sich in seinen Träumen kein wilderes, grausigeres Untier ausmalen. Wie eine Ausgeburt der Hölle brach die Bestie aus dem Nebel hervor.

Mit langen Sätzen sprang der riesige schwarze Hund den Weg entlang, unserem Freund dicht auf den Fersen. Wir waren durch die Erscheinung so gelähmt, daß der Hund schon an uns vorbei war, ehe wir wieder zur Besinnung kamen. Dann schossen Holmes und ich gleichzeitig, und ein schauerliches Geheul bewies uns, daß mindestens einer von uns getroffen haben mußte. Doch ließ der Hund nicht von der Verfolgung ab, sondern jagte mit unverminderter Schnelligkeit weiter. In ziemlicher Entfernung sahen wir Sir Henry auf dem Weg stehen; er sah sich mit kreidebleichem Gesicht um, die Hände hatte er voller Entsetzen emporgehoben, und er starrte hilflos auf das Ungeheuer, das auf ihn lossprang.

Aber das Schmerzgeheul des Hundes nahm uns alle Furcht. Wenn er verwundbar war, war er ein Erdengeschöpf, und wenn wir ihn verwunden konnten, dann konnten wir ihn auch töten. Niemals habe ich einen Menschen so rennen sehen, wie Holmes in dieser Nacht rannte. Ich halte mich für einen guten Läufer, aber ich blieb so weit hinter meinem Freund zurück wie der kleine Lestrade hinter mir. Vor uns hörten wir Schrei auf Schrei, die gellenden Rufe Sir Henrys und dazwischen das tiefe Gebell des Hundes. Ich kam gerade rechtzeitig, um zu sehen, wie das Tier Sir Henry ansprang, ihn zu Boden warf und ihm an die Kehle fuhr. Aber in der nächsten Sekunde hatte Holmes dem Hund fünf Kugeln in die Flanke gejagt. Mit einem letzten Todesgeheul und noch einmal um sich beißend rollte der Hund auf den Rücken, ruderte wild mit den Beinen durch die Luft und fiel dann regungslos auf die Seite. Keuchend sprang ich an das Tier heran und hielt den Lauf meiner Waffe an den fürchterlichen, glimmenden Kopf. Aber ich brauchte nicht mehr abzudrücken. Der riesige Hund war tot.

Norbert Elias

Das ist der Fürchtegott

Das ist der Fürchtegott
drüben auf dem Felde
der scheucht die Vögel
wie geflügelte Ängste auf
mit flatternden Ärmeln
der wehende Totenrock
hängt ausgestreckt am hölzernen Kreuzgerüst
unter dem leeren Zylinderhut
und die versammelten Raben
in schwarzen Talaren
hüpfen von Furche zu Furche
die Flügel gespreizt und verneigen sich
und krächzen ihr bedrohliches
Essis schpet Essis schpet

Aber er steht stumm
und ungerührt auf seiner Erde
bis ein Wind am zerfledderten
Rock zerrt und zupft
ein Grabmal
aufgestellt
daß man das Fürchten lernt
Eltern und Ältereltern
warten unter der Erde
daß ihr nach Hause kommt
Essis schpet Essis schpet

Bram Stoker

In Draculas Gruft

5. November, nachmittags. Als ich Frau Mina verließ, die noch immer schlafend inmitten des geweihten Kreises lag, schlug ich den Weg zum Schlosse ein. Der Schmiedehammer, den ich im Wagen von Veresti mitgebracht hatte, war mir sehr nützlich. Obgleich die Türen alle offen waren, zertrümmerte ich deren rostige Angeln, damit nicht böser Wille oder böser Zufall nach meinem Eintreten die Türen zuwerfen und mich einsperren konnte. Jonathans schlimme Erfahrungen kamen mir sehr zu statten. Ich erinnerte mich des im Tagebuche beschriebenen Weges zu der alten Kapelle. Dort hatte ich, wie ich wußte, meine Aufgabe zu erfüllen. Die Luft war drückend; sie roch wie Schwefeldampf; mehreremale glaubte ich umsinken zu müssen. Ein dumpfes Dröhnen klang in meinen Ohren; ich wußte nicht gewiß, ob es nicht das ferne Heulen von Wölfen war. Dann gedachte ich wieder der Frau Mina und war in großer Sorge um sie. Ich hatte nicht gewagt sie mitzunehmen, sondern hatte sie, vor dem Vampyr durch den geweihten Kreis geschützt, zurückgelassen. Und nun drohte ihr Gefahr von den Wölfen! Ich war mir klar, daß ich hier mein Werk zu vollenden hatte; was die Wölfe betraf, so mußten wir eben Gottes Willen hinnehmen. Jedenfalls war es nicht mehr als der Tod und darüber hinaus die Erlösung. Hätte ich für mich zu wählen gehabt, so wäre mir die Wahl leicht gefallen: im Magen eines Wolfes wäre es jedenfalls besser gewesen als in der Gruft des Vampyrs. So mußte ich mich entschließen, mein Werk zu Ende zu führen.

Ich wußte, daß mindestens drei Gräber vorhanden seien – belegte Gräber. So suchte ich und fand eines von ihnen. Da lag eines der Weiber in seinem Vampyrschlaf, so voll Leben und wollüstiger Schönheit, daß es mich kalt überlief, als sei ich gekommen um zu morden. Ich begreife nun, daß, wenn in vergangenen Zeiten jemand eine solche Aufgabe zu erfüllen sich vornahm, er schließlich nicht den Mut dazu fand oder daß ihm die Nerven versagten. So zögerte er und zögerte, bis die Schönheit und der Zauber der arglistigen Un-Toten ihn gebannt hatte; und er bleibt, bis die Sonne untergegangen und der Vampyrschlaf vorüber ist. Dann öffnen sich die herrlichen Augen des Weibes und erstrahlen in heißer Liebe, der wollüstige Mund bietet sich zum Küssen dar – und der Mensch ist schwach. Und wieder ist ein Opfer mehr dem Vampyrtum verfallen; wieder eines mehr, das in die entsetzlichen, grausigen Reihen der Un-Toten tritt!

Es war ohne Zweifel ein Zauber, daß ich durch die Gegenwart einer dieser Frauen in Erregung geriet, die in ihrem vom Alter zerfressenen und dicht mit jahrhundertealtem Staub bedeckten Sarge schlief, obgleich der gräßliche Geruch auch hier herrschte wie in den Schlupfwinkeln des Grafen. Ja, ich war erregt – ich, Van Helsing, mit allen meinen Vorsätzen und all dem grimmen Haß; es erfüllte mich ein Verlangen, das meine Kräfte zu lähmen und auf meiner Seele zu lasten schien. Vielleicht war es das natürliche Schlafbedürfnis, vielleicht auch die seltsam drückende Luft, was mich überwältigte. Jedenfalls verfiel ich in Schlaf, in einen Schlaf mit offenen Augen, wie einer, der sich einem süßen Zauber hingibt. Da ertönte durch die klare Schneeluft ein langgezogener Weheruf, so voll Angst und Schmerz, daß ich emporfuhr, wie vom schmetternden Klang einer Trompete. Es war die Stimme Frau Minas, die ich vernahm.

Da raffte ich mich auf, um mein furchtbares Werk zu vollenden. Ich fand, als ich die Sargdeckel abhob, eine andere der Schwestern, die zweite Dunkelhaarige. Ich wagte es nicht sie anzusehen, wie ihre Schwester, damit ich nicht wieder diesem bestrickenden Zauber verfiele. Ich suchte schnell weiter und fand in einem großen, erhöht gestellten Sarge, wie man wohl einen besonders lieben Toten bettet, die dritte schöne Schwester, die ich wie seinerzeit Jonathan, sich aus den Nebelatomen hatte entwickeln sehen. Sie war so schön anzuschauen, von so bestrickendem Liebreiz, daß der Instinkt, der den Mann zwingt, das weibliche Geschlecht zu lieben und zu beschützen, mich in neue heiße Erregung versetzte. Aber der Weheruf Frau Minas klang mir immer noch in den Ohren. Ich machte mich, ehe noch der Zauber sich meiner vollständig bemächtigen konnte, an die weitere Durchführung meines grausamen Vorhabens. Ich hatte nunmehr alle Gräber der Kapelle durchsucht, soweit ich es zu beurteilen vermochte, und da uns in der Nacht nur diese drei Gespenster erschienen waren, nahm ich an, daß nicht mehr als drei Un-Tote hier in Tätigkeit seien. Noch ein Grabmal war da, auffallender als die übrigen. Es war sehr groß und schön ausgeführt. Nur ein Wort stand darauf:

DRACULA.

Das also war die unheimliche Ruhestätte des Königs der Vampyre, dem so viele untertan sind. Das Grab war leer; dies bewies mir in beredter Weise das, was ich ohnehin schon wußte. Ehe ich daran ging, diese Frauen durch mein grauenhaftes Werk dem natürlichen Tode zu überliefern, legte ich in Draculas Grab etwas von der Hostie und verbannte ihn, den Un-Toten, für immer daraus.

Dann begann ich mein schweres Werk, vor dem ich mich wirklich fürchtete. Wäre es wenigstens nur eine Frau gewesen, es wäre mir leicht erschienen. Aber drei! Wenn ich einmal das Entsetzliche getan, es noch zweimal wiederholen! War es schon schrecklich bei der guten Lucy, wie mußte es dann bei diesen werden, die Jahrhunderte überlebt, die ihre

Kräfte im Lauf der Zeiten ins Ungeheure verstärkt haben mußten, die, wenn es ihnen möglich gewesen wäre, für ihre gespenstische Existenz gekämpft hätten.

Lieber Freund John, es war wirklich Fleischerarbeit. Hätte mir nicht der Gedanke an andere Tote und an die Lebenden, über deren Häuptern eine furchtbare Gefahr schwebte, die Kraft gegeben, ich wäre unterlegen. Ich zitterte, und zittere heute noch, obgleich meine Nerven aushielten, bis alles vorüber war. Hätte ich nicht den Frieden im Gesicht der ersten gesehen und die Freude, die vor der endgültigen Auflösung noch darüber hinhuschte wie eine Bestätigung, daß die Seele nun erlöst sei, ich hätte die blutige Arbeit nicht zu Ende führen können. Ich hätte das entsetzliche Knirschen, das der Pfahl beim Einschlagen in den Leib verursachte, nicht zu ertragen vermocht, ebenso wenig wie den Anblick der sich windenden Gestalt und der Lippen voll blutigen Schaums. Ich wäre entsetzt geflohen und hätte mein Werk unvollendet gelassen. Aber nun ist alles geschehen und ich kann die armen Seelen nun bedauern. Ich trage keinen Groll mehr gegen sie, jetzt, da ich weiß, daß sie ihren vollen Todesschlaf schlafen. Denn, Freund John, kaum hatte mein Messer den Kopf abgetrennt, da schwanden die Leiber dahin und zerfielen zu Staub, aus dem sie geworden. Es war, als machte der Tod, der einige Jahrhunderte früher hätte kommen sollen, jetzt sein Recht besonders geltend und sagte: »Hier bin ich!«

Ehe ich das Schloß verließ, sicherte ich die Eingänge, sodaß der Graf als Un-Toter sie nicht mehr betreten kann.

Als ich wieder in den Kreis zurückkam, in dem Frau Mina wieder schlief, erwachte sie: Wie sie meiner ansichtig wurde, weinte sie darüber, daß ich so viel hätte ertragen müssen.

»Kommen Sie«, sagte sie. »Kommen Sie fort von diesem unseligen Platze! Wir wollen meinem Mann entgegeneilen, der, ich weiß es gewiß, auf dem Wege zu uns ist.« Sie sah schmal, bleich und krank aus, aber ihre Augen waren klar und glühten vor Eifer. Ihre Blässe und Schwäche zu sehen, war mir förmlich eine Wohltat, denn vor meinen Augen standen noch die Frauen mit ihrem frischen Aussehen im Vampyrschlaf.

Voll von Vertrauen und Hoffnung, aber auch von Furcht, zogen wir ostwärts, um unseren Freunden zu begegnen – und ihm, von dem mir Frau Mina sagte, daß wir ihn sicher treffen würden.

Georg Britting

Herbst

Vor der Scheuer,
Auf den Wiesen,
Hupfen wieder, schwarz wie Raben,
Knaben um das Feuer,
Um den roten Flackerzungenstrauch.
Wallend steigt der Rauch.

Drückt der Wind ihn nieder auf den Bauch,
Plötzlich sind es rote Riesen,
Wilde Teufelsungeheuer,
Hand in Hand
Tanzend um den Höllenbrand.

Und die Schatten springen am Gemäuer,
Und im Qualm versinkt das Land.

Wolfgang Hilbig

Novemberabend

Eine Schaufel glühender Kohlen wurde in den Hof hinabgetragen. Im Augenblick schien es, als sei die kalte Herbstdunkelheit vor dem Fenster vom düsteren Flammenlicht dieser Kohlen erleuchtet; blutiger Schein umriß die schwankenden Gestalten; die Dächer der Hofgebäude ragten ausladender und um vieles dunkler über einen Höllenschimmer in der Tiefe, wo die gebeugten Schatten der auf Riesengröße gewachsenen Männer hasteten. Endlich sah ich aus dem Schornstein des Waschhauses weißen Rauch steigen, und ich begriff, daß die Kohlen dem Anheizen des Waschkessels gedient hatten, nicht einem böseren Zweck; nun war der Hof von provisorisch aufgehängten Stallaternen beleuchtet, die den feuchten Nachtdunst bis zu unserem Fenster im ersten Stock herauf mit einem helleren Rot färbten. Am Fenster zu sitzen, auf einer schmalen Bank, war mir erlaubt worden, obwohl der kleine Zeiger der über mir hörbar gewordenen Küchenuhr längst auf die Acht wies, hinwegschauen über den Sims des Fensters aber durfte ich nicht, und ebensowenig durfte ich hinuntergehen in die Tiefe des Hofs: es gäbe dort nichts zu sehen für mich. Ich verspürte keine wirkliche Neugier, dieses *nichts*, vor dem ich schauderte, zu sehen, denn schon die Lust, die in dem Schauder verborgen lag, verursachte mir leichte Übelkeit.

Ich hatte es nicht deutlich erfahren, glaubte aber zu wissen, daß unser Schwein geschlachtet werden mußte. Wie dies vorgehen sollte, durfte ich mir nicht vor Augen führen, denn die ängstliche Nervosität der Erwachsenen war nicht zu übersehen; die Frauen flüsterten so atemlos, als würden sie von unsichtbaren Fäusten gepreßt, öfters glaubte ich gar das Jagen der Herzschläge zu hören; die Männer – es waren außer dem Großvater noch der Onkel und ein mir Unbekannter im Haus – gebärdeten sich aufgeräumt, sie ließen Späße vernehmen, die mir roh erschienen, unversehens aber wurden sie drohend, befreiten sich mit Flüchen von ihrer Verachtung für die Zaghaftigkeit der Frauen. Ohne mich zu bewegen, saß ich auf der Bank, mit dem Rücken zum Fenster, und fühlte, wie das Betragen der Erwachsenen in mich Eingang fand; es war die Angst der Frauen vor dem, was gleich beginnen mußte, und die Angst der Männer vor dem, was mit den Frauen geschehen würde; die Beklommenheit hielt meine Ermüdung gänzlich im Zaum, ich zitterte schwach und hätte am liebsten geweint, doch das Bedrohliche in der wachen Aufmerksamkeit der Erwachsenen schien mir das Weinen bei Strafe zu verbieten; keinesfalls durfte ich ihnen einen Grund geben für den Ausbruch des Mächtigen gegen das Ohnmächtige. Einmal jedoch begann ich zu ahnen, daß ich mich am meisten davor fürchtete, dem Gelüst nicht widerstehen zu können, in einem unbeobachteten Moment doch in den Hof hinunter zu blicken. Ich fürchtete, es werde mir jener schreckliche Augenblick genau dann geschehen, wenn das Blut aus einer Wunde am Hals des Schweins hervorschösse, in dickem unaufhörlichem Strahl, das Hofpflaster überflutend und Blasen werfend, kaum bezwingbar vom kochenden Wasser aus den Schläuchen, die es in die Gossen zu spülen suchten. Es war dies ein Empfinden, als ob das Blut mit wahnsinnigem Pulsieren auch aus mir sprudelte, aus meinem klopfenden Hals, den ich krampfhaft zwischen den Schultern versteckte; es war, als ob die Schamlosigkeit des verblutenden Schweins auch in mir lauerte und einen Ausgang suchte, und in heftiger Anspannung behielt ich meine Scham bei mir, klammerte mich an ihren fühllosen Stolz. Dabei glaubte ich, das rote Blut stiege schon an den Außenwänden des Hauses empor, da die beiden Gossen es nicht mehr faßten, ich stellte mir vor, daß der gesamte Hof von Blut überschwemmt war, wie nach einem Unwetter, das ich gesehen, und daß in den Strudeln die Blendreflexe der Lampen sich wie rasend drehten, bis mir schwindlig wurde.

Nichts konnte durchdringender sein als das Geheul, unter dem das Blut aus dem Schwein hervorquoll; ich hielt mir die Ohren zu, dennoch hörte ich das entsetzliche Gebrüll im Hof, ich ließ meine Ohren wieder frei, aus Angst, ich werde das Brüllen in meinem Kopf verschließen, so daß ich es nicht wieder los würde; es war ein so langer, schneidender Schrei, daß ich vor Haß leise zu weinen anfing, es war, als folgte diesem Schrei ein unendlicher Hagel weiterer Schreie von immer kürzerer Länge, welche, je abgerissener, schneller, um so lauter und pfeifender durch die Nacht gellten, dazwischen fluchten die Männer, und ich glaubte von den Frauen ein leises Jammern zu vernehmen, das meinen Haß mit kalter Wut nährte, deren Ziel die Frauen waren. Ein abruptes Ersterben beendete den Lärm, der mich zu einem Abgott von Grausamkeit hatte anwachsen lassen: die Sau, wiederholte ich mir in der Tonart der Männer, die Sau war endlich tot. Endlich konnte ich sogar den Klang der Uhr wieder hören.

Aus Schwäche war ich auf der Bank eingeschlafen; als mir die Frauen einen Teller mit heißer Suppe heraufbrachten aber, erhob ich mich in gelangweilter Ruhe, zu ihrem Erstaunen schlich ich ohne einen Gruß davon und legte mich ins Bett.

Archangelus a Sancto Georgio

Freiwillig geropfte Martinsgans

Es ist bei uns Teutschen schon ein alter Brauch, der schwerlich mehr wird abkommen, daß St. Martinstag ein Martertag für die Gäns ist. Die arme unschuldige Gäns müssen für dieses Fest herhalten, ihnen den Kragen umreiben, samt dem Kopf, Flüglen und Füßen abhauen, sich bei dem Feuer sieden, den übrigen Teil in einer Tortur rösten und braten, ja ganz und gar bis auf die Beiner aufessen und aufzehren lassen. Es ist bald kein Hauswirt so schlecht und arm, der nicht anheut seinen Hausgenossen ein saftig gebratenes Martinsgänslein aufsetzet und preis gibt. Ja es vermeinte mancher, er hätte an diesem Tag nicht gessen oder St. Martinsfest gefeiret, wann er nicht etlich Pfund Gänsfleisch in seinen Magen vergraben, und weilen dieses speer und trucken, mit etlich Kanten Wein oder Bier eingeweichet hätte, also, daß er an dem andern Morgen müsse im Bett ausrasten, den Kopf und Magen ausdämpfen und ausnüchtern lassen. Ein wunderlicher und liederlicher Brauch! Wunderlich zwar, weilen in dem ganzen Leben des heiligen Martini nichts Besonderes oder Denkwürdiges von einer Gans gelesen wird, woher dieser Brauch könnte entsprungen sein. Liederlich aber, weilen es mehrmalen auf das Fressen und Saufen angesehen, welches der Mäßigkeit des heiligen Martini schnurgerad zuwiderlaufet, als welcher, wie Alcuinus schreibet, vom Fleischessen und Weintrinken sich enthalten, mit groben Fastenspeisen und hellem Brunnenwasser vorlieb genommen. Ist sich dann sehr zu verwundern, sagt dieser Skribent, wie der Brauch eingeschlichen, ja wohl gar diese unsinnige Toberei entstanden seie, daß sich die Christen an St. Martinstag mit Fleisch und Wein anschoppen und anfüllen, als wollten sie den heiligen Martinum mit Fraß und Füllerei verehren, welcher durch immerwährende Abstinenz, strenge Fasten und Mäßigkeit Gott gefallen hat.

Nichts destoweniger gedunkt mich, als seie der Gebrauch der Martinsgans, wann kein Mißbrauch und Exceß damit unterlaufet, dem heiligen Martino nicht zuwider, sondern wohlgefällig: Ich erkläre meine Gedanken mit einer sehr wunderlichen Begebenheit von einem geistlichen Schaffner oder Großkellerer, der in einer Prälatur über Kuchen und Keller zu walten hatte und ein sehr guter, liebreich und treuherziger Mann war. Als dieser mit Tod abgangen und von seinen Chorbrüdern zum Grab getragen worden, haben die, so ihne getragen, bei der Großkellerei vorbeigehend nicht mehr weiter kommen können, sondern durch einen unsichtbarlichen Gewalt aufgehalten, still stehen, die Totenbahr samt dem Körper von den Achseln auf die Erden niederlassen müssen. Man bemühete sich ein und das anderemal den Verstorbenen weiter zu bringen, ware aber keine Möglichkeit. Endlich nach langer Beratschlagung, was die Ursach, oder wie der Sach zu helfen sein möchte, sagte einer aus denen herum stehenden Geistlichen: Liebe Brüder! Wir wissen, daß dieser unser selig verschiedener Chorbruder sein Amt trefflich wohl vertreten, uns an Speis und Trank nichts hat abgehen lassen, sondern so viel die Armut des Klosters, und die Verlaub des Obern mit sich gebracht, von ganzem Herzen gern gegeben und mitgeteilet und wider ihn niemalen die mindeste Klag gewesen seie. Vielleicht will er uns diese seine Lieb auch nach dem Tod erzeigen und haben, daß wir hier, bei seiner Kellerei, wo wir ohne dem still stehen müssen und nicht fort kommen können, einen Ehrentrunk tun sollen zu Belohnung der besonderen Mühe und Arbeit, die wir heut mit seiner Leichbesingnus haben. Diesen Rat hat der Obere approbieret, denen Geistlichen einen Trunk geben lassen.

Sobald sie diesen in höchster Still und Ehrenbietigkeit getan, haben sie ihne ohne einigen Widerstand weiter tragen und begraben können.

Mascha Kaléko

Allerseelen

Ob wohl die Toten im Grabe nichts spüren?
Ob sie nicht dürsten, ob sie nicht frieren …
Ahnen sie nichts mehr von Freude und Trauer,
Sind sie so leblos wie Mörtel und Mauer,
Die ja, so meint man, wie Wolke und Wind
– Weiß man es wirklich? – empfindungslos sind.
Sehnen sich Tote nie mehr nach dem Einst?
Wissen sie gar nicht, daß du um sie weinst,
Laut um sie klagst in den sternhellen Nächten,
Mit ihnen bist in den finsteren Schächten,
Wo sie nun liegen mit Erde und Wurm.

In meinen Träumen läutet es Sturm,
Schlägt's an mein Fenster, rasselt's an Türen.
– Ob wohl die Toten im Grabe nichts spüren?

Jan Weiler

Celle. Open End*. Lesen Sie diesen Text, solange Sie möchten
1. November 2005

In Celle ist Halloween. Heute sagen die Kinder an den Haustüren: »Süßes oder Saures!« Als ich klein war, gab es noch gar kein Halloween, nur Sankt Martin. Ich habe mich das ganze Jahr hindurch darauf gefreut. Bei uns am Niederrhein gab es für jedes Kind eine weiße Papiertüte mit Henkeln. Darin war ein Weckmann, so ein Bursche aus Rosinenstutenteig mit einer weißen Keramikpfeife. Und eine Mandarine und Süßigkeiten.

Wenn es dunkel wurde, gingen wir zum Martinsfeuer. Dann kam der Sankt Martin angeritten, teilte mit einem blitzenden Schwert seinen in Wahrheit aus zwei Teilen bestehenden Mantel und gab ihn dem Bettler, der jahrelang vom Hausmeister der Grundschule dargestellt werden musste. Der brauchte praktisch gar keine Verkleidung für diese Rolle. Dann sahen wir ins Feuer, und hinterher gingen wir los, um an den Haustüren der Nachbarschaft zu singen. »Ich geh mit meiner Laterne.« »Sankt Martin.« Ich habe das geliebt.

Bei manchen Leuten bekamen wir tolle Süßigkeiten, manchmal aber auch Mandarinen und bei den Geizhälsen knallharte polnische Bonbons, die wir anschließend gegen die Garagentore pfefferten. Meine Mutter buk sogar kleine Pfannkuchen für die singenden Kinder, damit sie etwas Warmes bekamen. Dutzende leuchtende Laternen zitterten durch unsere Nachbarschaft. Auf der gegenüberliegenden Straßen-

* max. 10 Minuten

seite im Halbdunkel gingen meistens irgendwelche Väter mit. Nur so. Zur Sicherheit vielleicht. Manche Nachbarn öffneten nie die Tür. Die machten nicht mit. Stellten sogar die Haustürklingel ab. Scheiß Bettelei! Aber die meisten gaben uns etwas. Später am Abend schüttete ich das alles auf dem Boden meines Zimmers aus und sortierte die Beute aus zerbrochenem Spekulatius, Nüssen, Maoam, selbstgebackenen Plätzchen und Schokoriegeln. Bounty mochte ich nicht, das tauschte ich bei meinem Bruder in Banjo ein. Das ist lange her. Banjo gibt es wohl gar nicht mehr. Und Sankt Martin auch nicht, jedenfalls nicht in meinem Heimatort.

Auf jeden Fall hat die Popularisierung von Halloween auch den Kürbis wieder ganz nach vorne gebracht. Der war ja jahrzehntelang vergessen, würde ich sagen. Kürbisse waren ein Vergnügen für Omis, die diese würfelweise aus dem Glas aßen. Aber inzwischen kann man im Herbst kein Lokal mehr betreten, ohne dass es dort Kürbis-Karotten-Suppe oder Kürbiscremesuppe gibt. Übrigens neuerdings immer mit einem kleinen Schuss Kernöl. Kernöl is the new Zitronengras.

Celle ist ein Örtchen, zu dem Sankt Martin gut passt. Es ist so herzöglich, so ritterlich, so entzückend niedlich. Hier gibt es Bäckereien mit goldenen Brezelschildern an der Fachwerkfassade. Die ganze Innenstadt sieht aus, als habe ein genialer Wissenschaftler eine Modelleisenbahnsiedlung vergrößert und zum Leben erweckt. Es gibt noch richtigen echten Einzelhandel und ein Kino, das nicht zu einer doofen Kette gehört. Außerdem verfügt die Stadt über ein entzückendes Rathaus, mehrere gemütliche Plätze und ausgezeichnete Pommes frites. Nur WLAN-Hotspots sind Mangelware. Ansonsten aber hat Celle eine Menge von dem, was Hannover fehlt.

Mir fehlt auch etwas, nämlich meine Stimme. Weg. Ich habe Schmerzen und Befürchtungen: Diese Stimme kann man niemandem anbieten.

Also gehe ich zu einem original Celler HNO-Arzt, und dieser untersucht mich ausführlich, indem er mir zunächst einmal Ohrenschmalz entfernt. Dann sieht er in meinen Hals, und der Befund klingt nicht gut. Die Stimmbänder ermüdet, eine leichte Rötung. Schonung wäre angesagt. Er wollte mir keine Kortisonspritze geben und Antibiotika auch nicht, das hätte jetzt keinen Sinn.

Der Umstand, dass ich privat versichert bin, spornt ihn zum Einsatz sämtlicher Apparate in seiner Praxis an. Ich erhalte eine Wärmebestrahlung und muss inhalieren, absolviere auch noch einen Hörtest, der aber weder mich noch ihn weiterbringt. Behaupte ich mal so. Schließlich pinselt er noch meinen Hals mit einer Jodtinktur ein, was außer ihm kein europäischer Arzt mehr macht. Und er rät mir dringend, meine Nase stationär richten zu lassen, denn die Scheidewand sei schief, und ich bekäme deswegen zu wenig Luft. Könne er machen.

Er verschreibt mir auch etwas und will mich am nächsten Morgen noch einmal sehen. »Tschüs«, krächze ich und gehe mit übler Laune ins Hotel, das ich nach meiner Ankunft sofort in »Celler Loch« umgetauft habe. Nur eines bringt meine Stimmung für einen kurzen Moment nach oben. Vor einem Sonnenstudio entdecke ich ein Schild, auf dem steht: »OPEN END* – Bräunen Sie für €4–, solange Sie möchten!« Und darunter steht ein Pfeil nach links, Richtung Eingang. In dem Pfeil steht ganz klein: »* max. 30 Min.«.

Ich bin ganz froh, dass der Veranstalter eine Pause vorgesehen hat, so kann ich etwas verschnaufen. Nach der Pause Fragen aus dem Publikum. Normalerweise mag ich das nicht so. Aber heute bin ich froh um jede Minute, die ich nicht selber etwas sagen muss. Keine Ahnung warum, aber die Stimme wird mit der Zeit besser. Das verstehe, wer will.

Die Einladung des Moderators, noch in ein Lokal mitzukommen, das »Schweine-Schulze« heiße und »echt Kult« sei, lehne ich dankend ab. Ich hole mir noch was vom Chinesen, das Glutamat wird mir bestimmt guttun.

Theodor Fontane

Herr von Ribbeck auf Ribbeck im Havelland

Herr von Ribbeck auf Ribbeck im Havelland,
Ein Birnbaum in seinem Garten stand,
Und kam die goldene Herbsteszeit
Und die Birnen leuchteten weit und breit,
Da stopfte, wenn's Mittag vom Turme scholl,
Der von Ribbeck sich beide Taschen voll,
Und kam in Pantinen ein Junge daher,
So rief er: »Junge, wiste 'ne Beer?«
Und kam ein Mädel, so rief er: »Lütt Dirn,
Kumm man röwer, ick hebb 'ne Birn.«

So ging es viel Jahre, bis lobesam
Der von Ribbeck auf Ribbeck zu sterben kam.
Er fühlte sein Ende. 's war Herbsteszeit,
Wieder lachten die Birnen weit und breit;
Da sagte von Ribbeck: »Ich scheide nun ab.
Legt mir eine Birne mit ins Grab.«
Und drei Tage drauf, aus dem Doppeldachhaus,
Trugen von Ribbeck sie hinaus,
Alle Bauern und Büdner mit Feiergesicht
Sangen »Jesus meine Zuversicht«,
Und die Kinder klagten, das Herze schwer:
»He is dod nu. Wer giwt uns nu 'ne Beer?«

So klagten die Kinder. Das war nicht recht –
Ach, sie kannten den alten Ribbeck schlecht;
Der *neue* freilich, der knausert und spart,
Hält Park und Birnbaum strenge verwahrt.
Aber der *alte*, vorahnend schon
Und voll Mißtraun gegen den eigenen Sohn,
Der wußte genau, was damals er tat,
Als um eine Birn' ins Grab er bat,
Und im dritten Jahr aus dem stillen Haus
Ein Birnbaumsprößling sproßt heraus.

Und die Jahre gehen wohl auf und ab,
Längst wölbt sich ein Birnbaum über dem Grab,
Und in der goldenen Herbsteszeit
Leuchtet's wieder weit und breit.
Und kommt ein Jung' übern Kirchhof her,
So flüstert's im Baume: »Wiste 'ne Beer?«
Und kommt ein Mädel, so flüstert's: »Lütt Dirn,
Kumm man röwer, ick gew' di 'ne Birn.«

So spendet Segen noch immer die Hand
Des von Ribbeck auf Ribbeck im Havelland.

Herbstgedanken

Dies ist der Herbst

Dies ist der Herbst.
Die Sonne schleicht zum Berg
Und steigt hinauf
und ruht bei jedem Schritte.
Auf müd gespannten Fäden spielt
Der Wind sein Lied.

Friedrich Nietzsche

Kurt Tucholsky

Die fünfte Jahreszeit

Die schönste Zeit im Jahr, im Leben, im Jahr? Lassen Sie mich nachfühlen.

Frühling? Dieser lange, etwas bleichsüchtige Lümmel, mit einem Papierblütenkranz auf dem Kopf, da stakt er über die begrünten Hügel, einen gelben Stecken hat er in der Hand, präraffaelitisch und wie aus der Fürsorge entlaufen; alles ist hellblau und laut, die Spatzen fiepen und sielen sich in blauen Lachen, die Knospen knospen mit einem kleinen Knall, grüne Blättchen stecken fürwitzig ihre Köpfchen ... ä, pfui Deibel! ... die Erde sieht aus wie unrasiert, der Regen regnet jeglichen Tag und tut sich noch was darauf zugute: ich bin so nötig für das Wachstum, regnet er. Der Frühling –?

Sommer? Wie eine trächtige Kuh liegt das Land, die Felder haben zu tun, die Engerlinge auch, die Stare auch; die Vogelscheuchen scheuchen, daß die ältesten Vögel nicht aus dem Lachen herauskommen, die Ochsen schwitzen, die Dampfpflüge machen Muh, eine ungeheure Tätigkeit hat rings sich aufgetan; nachts, wenn die Nebel steigen, wirtschaftet es noch im Bauch der Erde, das ganze Land dampft vor Arbeit, es wächst, begattet sich, jungt, Säfte steigen auf und ab, die Stuten brüten, Kühe sitzen auf ihren Eiern, die Enten bringen lebendige Junge zur Welt: kleine piepsende Wolleballen, der Hahn – der Hahn, das Aas, ist so recht das Symbol des Sommers! er preist seinen Tritt an, das göttliche Elixier, er ist das Zeichen der Fruchtbarkeit, hast du das gesehn? und macht demgemäß einen mordsmäßigen Krach ... der Sommer –?

Herbst? Mürrisch zieht sich die Haut der Erde zusammen, dünne Schleier legt sich die Fröstelnde über, Regenschauer fegt über die Felder und peitscht die entfleischten Baumstümpfe, die ihre hölzernen Schwurfinger zum Offenbarungseid in die Luft strecken: Hier ist nichts mehr zu holen … So sieht es auch aus … Nichts zu holen … und der Wind verklagt die Erde, und klagend heult er um die Ecken, in enge Nasengänge wühlt er sich ein, Huuh macht er in den Stirnhöhlen, denn der Wind bekommt Prozente von den Nasendoktoren … hochauf spritzt brauner Straßenmodder … die Sonne ist zur Kur in Abazzia … der Herbst –?

Und Winter? Es wird eine Art Schnee geliefert, der sich, wenn er die Erde nur von weitem sieht, sofort in Schmutz auflöst; wenn es kalt ist, ist es nicht richtig kalt sondern naßkalt, also naß … Tritt man auf Eis, macht das Eis Knack und bekommt rissige Sprünge, so eine Qualität ist das! Manchmal ist Glatteis, dann sitzt der liebe Gott, der gute, alte Mann, in den Wattewolken und freut sich, daß die Leute der Länge lang hinschlagen … also, wenn sie denn werden kindisch … kalt ist der Ostwind, kalt die Sonnenstrahlen, am kältesten die Zentralheizung – der Winter –?

»Kurz und knapp, Herr Hauser! Hier sind unsere vier Jahreszeiten. Bitte: Welche –?«

Keine. Die fünfte.

»Es gibt keine fünfte.«

Es gibt eine fünfte. – Hör zu:

Wenn der Sommer vorbei ist und die Ernte in die Scheuern gebracht ist, wenn sich die Natur niederlegt, wie ein ganz altes Pferd, das sich im Stall hinlegt, so müde ist es – wenn der späte Nachsommer im Verklingen ist und der frühe Herbst noch nicht angefangen hat –: dann ist die fünfte Jahreszeit.

Nun ruht es. Die Natur hält den Atem an; an andern Tagen atmet sie unmerklich aus leise wogender Brust. Nun ist alles vorüber: geboren ist, gereift ist, gewachsen ist, gelaicht ist, geerntet ist – nun ist es vorüber. Nun sind da noch die Blätter und die Gräser und die Sträucher, aber im Augenblick dient das zu gar nichts; wenn überhaupt in der Natur ein Zweck verborgen ist: im Augenblick steht das Räderwerk still. Es ruht.

Mücken spielen im schwarz-goldenen Licht, im Licht sind wirklich schwarze Töne, tiefes Altgold liegt unter den Buchen, Pflaumenblau auf den Höhen ... kein Blatt bewegt sich, es ist ganz still. Blank sind die Farben, der See liegt wie gemalt, es ist ganz still. Boot, das flußab gleitet, Aufgespartes wird dahingegeben – es ruht.

So vier, so acht Tage –

Und dann geht etwas vor.

Eines Morgens riechst du den Herbst. Es ist noch nicht kalt; es ist nicht windig; es hat sich eigentlich gar nichts geändert – und doch alles. Es geht wie ein Knack durch die Luft – es ist etwas geschehen; so lange hat sich der Kubus noch gehalten, er hat geschwankt ..., na ... na ..., und nun ist er auf die andere Seite gefallen. Noch ist alles wie gestern: die Blätter, die Bäume, die Sträucher ... aber nun ist alles anders. Das Licht ist hell, Spinnenfäden schwimmen durch die Luft, alles hat sich einen Ruck gegeben, dahin der Zauber, der Bann ist gebrochen – nun geht es in einen klaren Herbst. Wie viele hast du? Dies ist einer davon. Das Wunder hat vielleicht vier Tage gedauert oder fünf, und du hast gewünscht, es solle nie, nie aufhören. Es ist die Zeit, in der ältere Herren sehr sentimental werden – es ist nicht der Johannistrieb, es ist etwas andres. Es ist: optimistische Todesahnung, eine fröhliche Erkenntnis des Endes. Spätsommer, Frühherbst und das, was zwischen ihnen beiden liegt. Eine ganz kurze Spanne Zeit im Jahre.

Es ist die fünfte und schönste Jahreszeit.

Mascha Kaléko

24 Zeilen Herbst

O lebensmüdes altes Jahr!
Die Wälder stumm. Der Park entlaubt.
Bald schneit der Winter weißes Haar
Auf unser sommergrünes Haupt.

Der letzte Spatz von dannen hinkt,
Die Lerche in den Frühling flieht,
Und unterm Schieferhimmel singt
Melancholie ihr trübes Lied.

Nun legt der Nebel weit und breit
Dem Frohsinn das Gewerbe.
– Das ist gewiß die Jahreszeit,
In der ich einmal sterbe.

Herrgott, bewahr uns vor der Gicht,
Gib, daß mein Herz nicht rostet.
Um andern Reichtum bitt ich nicht,
Weil Geld uns zuviel kostet.

Ein kleines Feuer im Kamin
Magst du mir auch noch geben,
Wenn dunkle Schattenwolken ziehn,
Und Frost klirrt; – und daneben,

Daß ich der Schwermut trotzen kann
Und nicht die Flucht ergreife:
Ein Kind im Zimmer nebenan,
Den Mann mit Buch und Pfeife.

Etienne Pivert de Senancour

Darum ist der Herbst so köstlich

Wenn sich der Winter verzieht, so acht' ich's kaum; der Frühling geht vorüber und läßt mich ungerührt; der Sommer vergeht, ich traur' ihm nicht nach; aber es behagt mir, durchs Laub zu schreiten, im kahlen Wald, an den letzten sonnigen Tagen.

Woher kommt dem Menschen diese bleibendste Wonne seines Herzens, diese Wollust der Melancholie, diese geheimnisvolle Bezauberung, die ihn aus seinem Schmerze leben und noch im Gefühl seiner Vernichtung sich selber lieben läßt? Ich klammere mich an diese glückliche Jahreszeit, die so bald schon vorbei ist. Ein spätes Mitgefühl, eine scheinbar widersprüchliche Lust führt mich zu ihr, jetzt, wo sie dem Ende entgegengeht. Das nämliche moralische Gesetz bewirkt, daß mir der Gedanke der Vernichtung unerträglich ist, daß mir aber die Empfindung davon in dem, was vor mir vergehen muß, teuer ist. Es ist natürlich, daß wir das vergängliche Dasein eher genießen, wenn wir um seine Hinfälligkeit wissen und es gleichwohl in uns fortdauern spüren. Wenn uns der Tod von allem trennt, so bleibt dennoch alles; alles lebt weiter, auch ohne uns. Aber wenn das Laub fällt, hört das Wachstum auf, es erstirbt; wir aber, wir überdauern für ein neues Werden; und darum ist der Herbst so köstlich, weil wieder für uns ein Frühling kommt.

Der Frühling ist in der Natur die schönere Jahreszeit; aber der Mensch hat sich so gestellt, daß ihm der Herbst mehr Trost gibt. Das sprießende Grün, der Vogelgesang, die Blüte, die sich öffnet; das strahlende Licht, das dem Leben neue Kraft gibt, ihr Schatten, die ihr schützend euch über geheime Plätzchen breitet; und ihr üppigen Kräuter, ihr wildwachsenden Beeren, ihr lauen Nächte, die ihr Unabhängigkeit gewährt! o Jahrszeit des Glückes! allzu sehr fürchte ich dich in meiner brennenden Unruhe. Wenn das Jahr sich gen Abend neigt, wird mir eher Ruhe, und diese Zeit, wo alles zu enden scheint, ist die einzige, wo ich in Frieden schlafen kann auf des Menschen Erde.

Günter Eich

NIEDERSCHÖNHAUSEN

Willst du dem Sommer trauen?
Es schafft im alten Parke
der Gärtner und die Frauen
mit Karren, Korb und Harke.

Im Laubhaus der Platanen
glänzt die gefleckte Rinde.
Wir und die Blätter ahnen
die Ewigkeit im Winde.

Wo schwarz die Amseln gaukeln,
die Kehle voller Lieder,
an langen Schnüren schaukeln
die Früchte her und wider.

Ich weiß nicht, wann sie fallen.
Oh Tag in alten Bäumen!
Jäh ist mir eingefallen,
wie wir die Zeit versäumen.

Guy de Maupassant

Reue

Herr Saval, den man in Nantes ›Vater Saval‹ nennt, ist eben aufgestanden. Es regnet. Es ist ein trauriger Herbsttag; die Blätter fallen. Sie fallen langsam in den Regen hinein, wie ein zweiter, dichterer und langsamerer Regen. Herr Saval ist nicht heiter gestimmt. Er geht vom Kamin zum Fenster und vom Fenster zum Kamin. Das Leben hat seine trüben Tage. Für ihn wird es von jetzt ab nur mehr trübe Tage haben; denn er ist zweiundsechzig Jahre alt! Allein ist er, ein alter Junggeselle, und hat niemand an seiner Seite. Wie traurig es ist, so zu sterben, ganz allein, ohne eine Seele, die einen gern hat und einem ergeben ist.

Er denkt an seine öde, leere Existenz. Er ruft sich, aus seiner fernen Vergangenheit, aus seiner lang verflossenen Kindheit das Elternhaus ins Gedächtnis, dann das Institut, die Ausgangstage, die Zeit, wie er in Paris Jus studierte. Dann die Krankheit, den Tod des Vaters.

Er kam nach Haus zurück, um mit seiner Mutter zusammenzuwohnen. Sie haben so beide dahingelebt, der junge Mann und die alte Frau, friedlich und wunschlos. Wie das Leben doch traurig ist!

Er ist allein zurückgeblieben. Und jetzt wird bald an ihn die Reihe kommen, zu sterben. Er wird verschwinden, er, und es wird aus mit ihm sein. Es wird keinen Herrn Paul Saval mehr auf der Welt geben. Wie schrecklich! Andere Leute werden leben, einander lieben und lachen. Ja, man wird sich unterhalten, und er wird nicht mehr sein! Ist das nicht seltsam, daß man mit dieser ewigen Gewißheit des Sterbens lachen, sich amüsieren, fröhlich sein kann! Wenn der Tod nur wahrscheinlich wäre, könnte man noch hoffen, aber nein, er ist unvermeidlich, so unvermeidlich, wie die Nacht nach dem Tag.

Wenn sein Leben wenigstens inhaltvoll gewesen wäre! Wenn er etwas getan hätte; wenn er Abenteuer, große Freuden, Erfolge, allerlei Befriedigung gehabt hätte. Aber nein, nichts. Er hatte nie etwas getan, nie etwas als aufstehen und essen, immer zu denselben Stunden und schlafengehen. Und auf diese Art war er bis zum Alter von zweiundsechzig Jahren gelangt. Nicht einmal geheiratet hatte er, wie andere Männer. Ja, warum hatte er denn nicht geheiratet? Er hätte es ja können; denn er hatte einiges Vermögen. Hatte ihm die Gelegenheit gefehlt? Vielleicht! Aber man führt sie herbei, diese Gelegenheiten! Er war träge, bequem, das war die Geschichte. Sein großes Übel, sein Fehler, sein Laster war seine Bequemlichkeit. Wie viele Leute verfehlen ihr Leben aus Bequemlichkeit! Es ist so schwierig, für gewisse Naturen aufzustehen, sich geschäftig zu bewegen, allerlei Schritte zu unternehmen, zu reden, strittige Fragen zu studieren.

Er war nicht einmal geliebt worden. Keine Frau hatte, völlig in Liebe hingegeben, auf seiner Brust geschlafen. Er kannte nicht die entzückende Angst des Wartens, des göttlichen Schauers beim Händedruck, die Ekstase der siegreichen Leidenschaft.

Welch übermenschliches Glück mußte einem das Herz durchströmen, wenn die Lippen sich zum erstenmal begegnen, wenn die Verstrickung von vier Armen aus zwei voneinander berückten Wesen ein einziges, voll und schrankenlos glückliches schafft.

Herr Saval, der im Schlafrock war, hatte sich niedergesetzt, mit den Füßen vor dem Kaminfeuer.

Ja gewiß, sein Leben war verfehlt, ganz und gar verfehlt. Und doch hatte auch er geliebt. Er hatte im verborgenen geliebt, schmerzlich und gleichzeitig lässig, wie er alles tat.

Ja, er hatte seine alte Freundin, Madame Sandres, geliebt, die Frau seines alten Kollegen Sandres. Ja, wenn er sie als junges Mädchen gekannt hätte! Aber er war ihr zu spät begegnet, sie war schon verheiratet gewesen. Sonst hätte er ganz gewiß um sie angehalten. Aber geliebt hatte er sie dennoch ununterbrochen, vom ersten Tage an.

Er erinnerte sich an seine Aufregung, jedesmal, wenn er sie wiedersah, an seine Traurigkeit, wenn er sie verließ, und an die Nächte, wo er nicht einschlafen konnte, weil er an sie dachte.

Des Morgens, wenn er aufwachte, war er immer weniger verliebt wie abends. Warum?

Wie sie damals hübsch war, zierlich blond, lockig und heiter! Sandres war nicht der Mann, der zu ihr gepaßt hätte. – Jetzt war sie achtundfünfzig Jahre alt; sie schien glücklich. Ja, wenn die ihn damals geliebt hätte! Und warum hätte sie ihn, Saval, nicht lieben sollen, da er ja doch gerade sie, Madame Sandres, liebte?

Wenn sie nur etwas erraten hätte... Hatte sie wirklich nie etwas erraten, gesehen, verstanden? Was hätte sie sich dann wohl gedacht? Wenn er gesprochen hätte, was hätte sie geantwortet?

Saval fragte sich noch tausend andere Sachen. Er durchlebte wieder sein Leben und suchte einer Menge von Einzelheiten wieder habhaft zu werden.

Er erinnerte sich an all die langen Abende, an denen man bei Sandres Ecarté spielte, damals, als dessen Frau jung und gar so reizvoll war.

Er erinnerte sich der Dinge, die sie ihm gesagt hatte, des Tonfalls ihrer Stimme von damals und ihres leichten, stummen Lächelns, das so vielerlei Gedanken ausdrückte.

Er erinnerte sich an ihre Spaziergänge zu dreien, längs der Seine, an die Mahlzeiten auf dem Gras, bei den Ausflügen, die man am Sonntag machte, weil Sandres damals Beamter an der Unterpräfektur war. Und plötzlich kam ihm die deutliche Erinnerung an einen Nachmittag wieder, den er mit ihr in einem kleinen Wäldchen beim Flusse verbracht hatte.

Sie waren in der Frühe aufgebrochen und hatten Pakete mit Proviant mitgenommen. Es war ein leuchtender Frühlingstag, einer jener Tage, die berauschen, an denen alles duftet, alles glücklich scheint, an denen die Vögel lustiger singen und lebhafter fliegen. Man hatte auf dem Gras gesessen, unter Weiden, ganz nah am Wasser, das die Sonne eingeschläfert hatte. Die Luft war lau und würzig; man atmete sie mit Wonne ein. Wie war doch alles gut an jenem Tag!

Nach dem Gabelfrühstück hatte sich Sandres auf den Rücken gelegt und war eingeschlafen; »der beste Schlaf meines Lebens«, sagte er beim Aufwachen.

Madame Sandres hatte Savals Arm genommen, und sie hatten sich zusammen auf den Weg gemacht, längs des Flusses.

Sie stützte sich auf ihn. Lachend sagte sie: »Ich bin betrunken, lieber Freund, ganz betrunken.« Er schaute sie an und erbebte bis ins Herz hinein und fühlte, wie er erblaßte, voller Angst, daß seine Augen zu verwegen wären und daß ein Zittern seiner Hand sein Geheimnis verraten könne.

Sie hatte sich aus langen Gräsern und Wasserlilien einen Kranz gewunden und ihn gefragt: »Gefalle ich Ihnen so?«

Da er nichts antwortete, denn es war ihm nichts eingefallen, was er hätte antworten können, eher noch wäre er ihr zu Füßen gefallen – hatte sie zu lachen angefangen, ein unzufriedenes Lachen und ihm ins Gesicht geworfen: »Sie dummer Dicker! Man sagt doch wenigstens etwas!«

Wenig fehlte, so hätte er geweint, aber doch war ihm noch immer kein einziges Wort in den Mund gekommen.

All das stieg ihm jetzt wieder auf, mit derselben Präzision, wie am ersten Tag. Warum sie ihm nur gesagt hatte: »Sie dummer Dicker, man spricht doch wenigstens etwas!?«

Und er erinnerte sich auch, wie sie sich zärtlich an ihn gelehnt hatte. Wie sie unter dem hängenden Ast eines Baumes durchgingen, hatte er ihr Ohr gegen seine Wange gefühlt und war jäh zurückgewichen, voll Angst, daß sie glauben könne, er habe diese Berührung gesucht.

Als er gesagt hatte: »Sollte es nicht Zeit sein, umzukehren«, hatte sie ihm einen sonderbaren Blick zugeworfen. Ja, ganz gewiß, sie hatte ihn auf eine merkwürdige Art angeschaut. Damals war es ihm nicht aufgefallen, und jetzt auf einmal erinnerte er sich dran.

»Wie Sie wollen, lieber Freund. Wenn Sie müde sind, kehren wir um.«

Er hatte geantwortet: »Müde bin ich nicht, aber Sandres ist vielleicht jetzt schon wach.«

Sie hatte mit den Achseln gezuckt und gesagt: »Wenn Sie fürchten, daß mein Mann wach ist, so ist das etwas anderes; kehren wir um.«

Auf dem Rückweg war sie schweigsam und lehnte sich nicht mehr auf seinen Arm. Warum?

Dieses Warum hatte er sich noch nie vorgelegt. Jetzt schien er einer Sache gewahr zu werden, die er nie zuvor verstanden hatte. Ob etwa …?

M. Saval fühlte, wie er errötete, und stand auf, so durcheinandergewühlt, wie wenn er dreißig Jahre jünger gewesen wäre und gehört hätte, wie Madame Sandres zu ihm sagte: ›Ich liebe Sie!‹

War es möglich? Dieser Verdacht, der eben in seine Seele eingedrungen war, peinigte ihn! War es möglich, das er nichts gesehen, nichts erraten hätte?

Ach, wenn das Wahrheit war, wenn er sein Glück gestreift hätte, ohne es zu packen?

Er sagte sich: »Ich will Gewißheit. Ich kann nicht in diesem Zweifel verharren. Ich will Gewißheit!«

Er kleidete sich rasch an. Er dachte sich: »Ich bin zweiundsechzig Jahre, sie ist achtundfünfzig; ich kann sie wahrhaftig darum fragen.«

Und er ging aus.

Das Haus der Sandres war auf der anderen Seite der Straße, fast gegenüber vom seinigen. Er ging hin, pochte mit dem Türklopfer, und das kleine Dienstmädchen machte ihm auf.

Sie war erstaunt, ihn zu so früher Stunde zu sehen und fragte: »So zeitig da, Herr Saval, ist irgendein Unfall passiert?«

Saval antwortete:

»Nein, mein Kind, aber geh deiner Herrschaft sagen, daß ich sie gleich sprechen möchte.«

»Jawohl, aber … es ist nur, daß die Gnädige eben den Vorrat von Birneneingemachtem für den Winter bereitet und beim Herd und nicht angezogen ist.«

»Schon gut, aber sag ihr, daß sich's um eine wichtige Sache handelt.«

Das kleine Dienstmädchen verschwand, und Saval begann im Wohnzimmer mit großen nervösen Schritten auf und ab zu gehen. Übrigens fühlte er sich gar nicht verlegen. Er würde sie darum fragen, wie um ein Kochrezept. Er war ja zweiundsechzig Jahre alt.

Die Tür ging auf; sie erschien. Sie war jetzt eine starke Frau, breit und rund, mit vollen Backen und sonorem Lachen. Beim Gehen hielt sie die Hände weit vom Körper, ihre Ärmel waren über die nackten, von zuckrigem Saft klebrigen Arme zurückgestreift. Beunruhigt fragte sie.

»Was haben Sie, lieber Freund? Sie sind doch nicht krank?«

Er erwiderte:

»Nein, meine liebe Freundin, aber ich will Sie um eine Sache fragen, die für mich sehr wichtig ist und die mich peinigt. Versprechen Sie mir, offen zu sein?«

Sie lächelte.

»Ich bin immer offen. Sprechen Sie.«

»Also: Ich habe Sie vom ersten Tage an, wo ich Sie sah, geliebt. Ahnten Sie es?«

Sie antwortete lachend, mit etwas von ihrem Tonfall von einst: »Sie dummer Dicker! Ich hab' es wohl vom ersten Tage an gesehen!«

Saval begann zu zittern; er stammelte:

»Sie wußten es ... also ...«

Und er schwieg.

Sie fragte:

»Also ... was?«

Er erwiderte:

»Also ... was dachten Sie sich dabei ... was ... was würden Sie geantwortet haben.«

Sie lachte stärker. Siruptropfen rannen ihr von den Fingerspitzen herunter und fielen aufs Parkett.

»Ich ... Sie haben mich ja nichts gefragt. An mir war es ja nicht, Ihnen eine Erklärung zu machen!«

Er machte einen Schritt auf sie zu.

»Sagen Sie mir, sagen Sie mir ... Erinnern Sie sich an den Tag, wo Sandres nach dem Gabelfrühstück auf dem Gras einschlief und wo wir dann zusammen, bis zu der gewissen Wegbiegung unten, gegangen sind ...«

Er wartete. Sie hatte aufgehört zu lachen und schaute ihm in die Augen:

»Gewiß erinnere ich mich ...«

Er erbebte und fuhr fort:

»Also ... wenn ich ... wenn ich an jenem ... Tage ... unternehmend ... gewesen wäre, was hätten Sie getan?«

Sie begann wieder zu lächeln, das Lächeln der glücklichen Frau, die nichts bedauert, und antwortete offen, mit heller, von Ironie angehauchter Stimme:

»Ich würde Sie haben gewähren lassen, lieber Freund.«

Dann machte sie kehrt und flüchtete zu ihrem Eingesottenen.

Saval ging wieder hinaus auf die Straße, niedergeschmettert, wie nach einem schweren Unglücksfall. Er ging rasch, mit langen Schritten, gerade vor sich hin, im Regen, hinunter zum Fluß, ohne zu überlegen, wohin er gelangte. Als er am Ufer war, drehte er nach rechts und ging dem Strom entlang. Lange schritt er so dahin, wie von einem Instinkt getrieben. Seine Kleider tropften vor Regen, und von seinem aus der Form geratenen Hut, der weich war wie ein Fetzen, quoll es herunter wie von einem Dach. Er ging immer weiter, weiter vor sich hin. Endlich befand er sich auf dem Platz, wo sie an jenem längst verflossenen Tag, dessen Erinnerung sein Herz quälte, gegessen hatten.

Da setzte er sich unter die entlaubten Bäume und weinte.

Rainer Maria Rilke

Herbsttag

Herr: es ist Zeit. Der Sommer war sehr groß.
Leg deinen Schatten auf die Sonnenuhren,
und auf den Fluren laß die Winde los.

Befiehl den letzten Früchten voll zu sein;
gieb ihnen noch zwei südlichere Tage,
dränge sie zur Vollendung hin und jage
die letzte Süße in den schweren Wein.

Wer jetzt kein Haus hat, baut sich keines mehr.
Wer jetzt allein ist, wird es lange bleiben,
wird wachen, lesen, lange Briefe schreiben
und wird in den Alleen hin und her
unruhig wandern, wenn die Blätter treiben.

Sibylle Berg

Nora verabschiedet sich

Es war kalt damals. Herbst und so ein Wetter, wie das nur Herbste draufhaben. Baumblätter lagen ertrunken in Pfützen, und ein Nordost blies durch die kahlen Zweige. Ich stand auf der Straße und weinte. Ich sah auf das Licht, das aus der Wohnung meiner Eltern kam, ganz gelb und warm, ich wußte, daß da mein Bett stand, und ich weinte noch mehr, denn ich war sechs und mir war verdammt klar, daß ich da nicht mehr hingehörte. Ich würde alleine auf der Straße bleiben, mich mit nassem Laub decken, um am nächsten Morgen auf einem Schiff anzuheuern. Ich habe vergessen, warum ich von zu Hause wegwollte. Aber ich erinnere mich, daß Kinder sehr unglücklich sein können. Vielleicht unglücklicher als erwachsene Menschen, weil sie nicht wissen, was das für ein Schmerz ist, der mit der Trauer kommt, und ob der nicht vielleicht für immer bleibt.

Herbst war es, und ich ging langsam ein paar Schritte weg von dem Licht, von dem Haus, und ich machte mein Gesicht ganz fest. Und dann war da auf einmal dieses Schaf. Von Gott geschickt oder von grausamen Eltern aus dem Stall getrieben, lag es auf der Straße. Dreckig und ungeliebt. Ich hob das Tier auf und so standen wir da rum, in der Nacht. Das halbblinde Stoffschaf und ich. Viel später sind wir mit dem letzten Stolz, den wir noch hatten, in die Wohnung der feindlichen Eltern zurückgekehrt. Natürlich nur, weil das Schaf so fror. Ich denke mal, mein Leben wäre ohne das Tier in eine andere Richtung gelaufen. In den Jahren später, wollte ich immer mal wieder alles hinschmeißen. Ein neues Leben anfangen, irgendwo, wo mich keiner kennt. Ich habe es nie getan. Weil mich immer dieses verfluchte Schaf warnte, und eigentlich habe ich nur wegen ihm kein mutiges, verrücktes Leben geführt. Talismänner machen so etwas. Das ist ihre Bestimmung. Sie zwingen Menschenleben in die feige Bedeutungslosigkeit, weil sie ihren Besitzer immer an Situationen erinnern, in denen sich überlegtes Handeln bewährt hat. Oder sie verführen ihren Inhaber zu einer unangemessenen Waghalsigkeit. Weil sie ihn in falschem Schutz wiegen. Egal, immer gaukeln Fetische dem Besitzer etwas vor und verleiten ihn zur Verantwortungsabgabe. Sie bringen Millionen Menschen dazu, häßliche Stofftiere, blöde Ketten und ausgetretene Stiefel von einem Ort zum anderen zu schleppen, Jungfrauen zu opfern und Kriege zu führen. Und all die Fetische lachen leise über unsere Dummheit. Guckt mal die Menschen an, kichern sie, die schleppen uns rum, umtanzen uns und verehren uns nur, um sich einzureden, daß sie nicht allein sind, auf dieser Welt, und daß sie Glück haben. Und wissen doch nicht, daß sie immer allein sind und Glück eine Illusion ist. Das Schicksal läßt sich nicht durch Schafe bestechen, das ist die Wahrheit. Aber die will keiner sehen. Wir brauchen einen kleinen, eigenen Gott. Vielleicht um uns daran festzuhalten, auf der Reise durchs Leben, die uns angst macht. Weil wir nur das Ziel kennen, und nicht den Weg. Ich weiß es nicht. Schon wieder weiß ich etwas nicht. Vielleicht werde ich nie mehr was wissen und werde aus dem Grund nie was werden. Und das nur, weil ich nicht mehr an Fetische glauben mag. Weil ich mein Schaf weggegeben habe. Da war ich gestern, auf der Station. Ich wollte, weil mir langweilig war, das Schaf waschen gehen. Und es fiel mir aus der Hand. Und fiel vor die Füße eines kleinen Kindes. Mann, war das ein häßliches Kind. Verheult war es, der Rotz lief ihm aus der Nase, und das Kind sah schmutzig aus. Ein kleines schmutziges Kind, das nach einem kleinen, schmutzigen Leben ausschaute. Und der kleine Drecksack hob mein Schaf auf. Stand da, mit meinem alten, blinden Stofftier in der Hand und sah mich an. Zuckte zusammen, beim Treffen unserer Augen, als würde es einen Schlag erwarten. Das war so ein Reflex, daß ich mir dachte, das kennt es wohl, das Kind. Geschlagen werden und Menschen, die ihm etwas wegnehmen, das ihm Freude macht. Das Kind guckte so, und seine kleine dreckige Hand hielt mein Schaf so fest, daß die Hand ganz rot wurde, vor Anstrengung. Wir standen da ewige Sekunden. Dann faßte ich nach meinem Schaf. Strich ihm noch mal über die eingedellte Schnauze und ging weg. Weil ich erwachsen bin, ging ich weg, und weil ich doch inzwischen wissen sollte, daß Traurigkeit aufhört. Und daß einem Schafe wirklich nicht helfen.

Hermann Hesse

Welkes Blatt

Jede Blüte will zur Frucht,
Jeder Morgen Abend werden,
Ewiges ist nicht auf Erden
Als der Wandel, als die Flucht.

Auch der schönste Sommer will
Einmal Herbst und Welke spüren.
Halte, Blatt, geduldig still,
Wenn der Wind dich will entführen.

Spiel dein Spiel und wehr dich nicht,
Laß es still geschehen.
Laß vom Winde, der dich bricht,
Dich nach Hause wehen.

Rafik Schami

Herbststimmung

Mich stört ein regnerischer Sommer wenig. Viel zu heiß waren die sonnigen Tage meiner Kindheit. Regen im Sommer hat für mich immer noch die Erinnerung an Frische. Das üppige Grün betont auch beim schlimmsten Wetter, daß der Sommer hartnäckiger und bodenständiger ist als die Launen der Wolken.

Der Herbst verlangt nach Langsamkeit, Besinnlichkeit. Seine sensiblen vielfältigen Farben sind zerbrechlicher als die schwach gewordenen Sonnenstrahlen. Deshalb kann ich mich auch nach fünfundzwanzig Jahren Exil in Europa nicht an die kurzatmigen, vom Winter überrumpelten Herbste gewöhnen. Die Melancholie verwandelt sich in der feuchten Kälte, die in die Kleider und mit dem Atem nach innen dringt, in eine Traurigkeit. Spazierengehen wird zur Hast, der Blick senkt sich zu Boden und ertrinkt in grauer Nässe.

Der Herbst, wenn er seinen Gang langsam und leise ansetzt, entfaltet in mir das allerschönste und tiefste Gefühl für die Natur. Seine Farbenpracht vor Augen, die Erinnerung an den Sommer im Herzen, im Bewußtsein die nahende klirrende Kälte des Winters – all das läßt ihn als reichste und intensivste Jahreszeit erscheinen, und deshalb empfinde ich seinen Verlust um so schmerzlicher. Der Herbst ist mit Gesundheit und Freiheit verwandt, erst wenn er fehlt, fühlt man, wie wertvoll er war.

Gottlieb Conrad Pfeffel

Der Frühling und der Herbst

Niemals ist doch der Mensch mit meinen Gaben zufrieden,
Sagte zum Frühling der Herbst; dir nur lächelt sein Gruß.
Freund, versetzte der Lenz, so will es die Sitte hienieden;
Für den Sterblichen ist Hoffnung mehr als Genuß.

Anhang

Nachwort

Es gibt ja Leute, die behaupten, dass der Herbst bereits im August beginnt. Sie entdecken ein gelbes Blatt am Baum, bemerken gewisse Veränderungen in der Atmosphäre, und schon ist es für sie eine ausgemachte Sache, dass der Sommer hiermit vorüber ist. Unnötig zu betonen, dass für diese Zeitgenossen ein halb gefülltes Glas halb leer ist. Oder, um es anders zu sagen: wir haben es hier mit schweren Fällen von Pessimismus zu tun. Da dieser an verregneten Tagen ansteckend ist, halte man sich als Profilaxe die Argumentation zur Hand, dass der Sommer im Gegenteil bis in den Oktober dauern kann. Von hier aus ist es dann ein Leichtes, die Flucht nach vorne zu ergreifen und dem Herbst eine Bresche zu schlagen.

Es gibt nämlich überhaupt keinen Grund, diese so reiche und schöne Zeit einer negativen Weltsicht zu überlassen. Und ebenso wenig muss man sich mit der großmütigen Haltung zufriedengeben, dass der Herbst auch seine guten Seiten hat. Er hat weit mehr zu bieten als ein paar gute Seiten. Der Herbst ist ein Fest! Und wenn man so will, dann sind seine beiden heiß geliebten Vorgänger doch lediglich dazu da, dieses Fest vorzubereiten. Frühling und Sommer mögen vielleicht die schönsten Jahreszeiten sein, der Herbst aber ist die beste!

Und selbst an Schönheiten gibt es jetzt genug – für Naturliebhaber und Ästheten etwa, die sich gerne berauschen lassen von diesem warmen Licht, das immer goldener wird und immer wertvoller. Ja, die Tage werden kürzer, aber solange die Sonne scheint, legt sie ihr Licht auf eine schier unfassbare Farbenpracht – ein Fest für Impressionisten. Kein Wunder also, dass es selbst einen eingeschworenen Stadtmenschen wie Marcel Proust jetzt in den Herbstwald treibt. Während ihm die Augen übergehen, gerät Peter Hille aus dem Häuschen über die Freude, die er daran findet, durch die Blätter zu rascheln. Es ist immer wieder schön, dieser Versuchung nachzugeben oder dem Impuls, sich nach einer frisch geschlüpften Kastanie zu bücken, die wie ein leuchtender Schatz im braunen Laub liegt. Und wenn man dann noch einen kleinen bunten Drachen am Himmel entdeckt, ist das Glück schon fast perfekt.

So zauberhaft das alles ist, der eigentliche Grund, vom Herbst zu schwärmen, ist letztendlich ein ganz handfester. Conrad Ferdinand Meyer fasst ihn in ein einziges Wort: Fülle. »Genug ist nicht genug. Gepriesen sei der Herbst.« Er schüttet ein Füllhorn von Köstlichkeiten über uns aus, mit dem er uns reichlich für sinkende Temperaturen und steigende Nebel entschädigt. Dass er mit Bangen erwartet wird, ist noch nachvollziehbar, wenn man sich in der Stadt aufhält. Das ändert sich aber, sobald man sie hinter sich lässt und ebenso die Autobahnen und die zersiedelten Täler. Hinter den Speckgürteln der Städte, wo das Land anfängt, kann man den Herbst von seiner schönsten Seite erleben. Man wundert sich vielleicht, wie viele Autoren von Äpfeln, Birnen und Kartoffeln zum Dichten und Erzählen angeregt werden, versteht dann aber schnell, wenn man liest, wie begeistert etwa Peter Kurzeck von der Herbstzeit in der oberhessischen Provinz erzählt, oder wie wehmütig Horst Krüger an die Oktobertage am Kaiserstuhl zurückdenkt – Fülle, wohin man sieht.

Nicht nur Genießer und Schlemmer geraten dadurch in eine Art hedonistischen Taumel: Genug ist nicht genug. Der Herbst muss gefeiert werden. Eine ganze Kette von Festen überzieht das Land und mit ihnen kommt noch einmal die ganze sommerliche Lebenslust mit ihrem Übermut zum Ausdruck: Erntedank, Kirchweih, Weinfeste und das berühmteste von allen: das Oktoberfest. Das geht so lange, bis es nicht mehr geht, bis es ungemütlich wird: im November wenn die Nebel kommen, wenn Wind und Regen nicht nur der farbigen Pracht der Herbstwälder ein trauriges Ende bereiten.

Genau dieses Wetter ist aber die Voraussetzung für ein weiteres Highlight des Spätjahres: Es beginnt die Zeit der häuslichen Gemütlichkeit – ein Zustand, der sich überhaupt erst dann einstellt, wenn draußen das entsprechende Wetter herrscht – Mistwetter eben oder solches, bei dem man keinen Hund vor die Tür jagen würde. Wohl dem, der jetzt – um mit Rilke zu sprechen – ein Haus gebaut und einen Ofen darin stehen hat. Denn mit einer gut beheizten Wohnung kann man die kalte Jahreszeit nicht nur überstehen. Man kann sich sogar auf sie freuen.

Ab November stehen uns Dinge ins Haus, die auf der Skala der Beliebtheit, neben diversen Sommervergnügungen, ganz oben stehen. Wer könnte schon immer eindeutig entscheiden, was ihm lieber ist: ein Grillfest im Sommergarten oder ein verregneter Novemberabend mit der Liebsten auf der Couch, wenn im Fernsehen »Der Hund von Baskerville« läuft? Und wer hätte es in dieser Zeit nicht vor lauter Vorfreude kaum noch erwarten können, nach Hause zu kommen, weil in der Lieblingsecke des Sofas unter der Obhut der Leselampe ein spannendes Buch wartet?

Und am schönsten ist es, dieses Buch erst dann aufzuschlagen, wenn der Tee fertig ist, weil erst dann einer dieser glücklichen Momente entsteht, in denen wir uns selbst genügen. Je nach Vorliebe und Tageszeit kann der Tee natürlich auch durch Rotwein ersetzt werden – noch so ein Geschenk, das wir dem Herbst zu verdanken haben. Das passt einfach alles zusammen: schlechtes Wetter und gute Geschichten. Und diese herbstliche Leselust ist kein Zufall und kein Produkt der Langeweile. Sie hängt mit den dunklen Wolken zusammen, mit den Nebeln, die übers Land ziehen und mit der frühen Dunkelheit – alles Dinge, die unsere Phantasie beflügeln und Geschichten entstehen lassen.

Man kann diesem Wetter sogar zugutehalten, dass es ein eigenes literarisches Genre hervorgebracht hat: die Schauergeschichte. Die kleine, hier versammelte Auswahl ist bei Weitem nicht repräsentativ für die große Vielfalt an Figuren, die Phantasten aller Jahrhunderte aus den Nebeln gezaubert haben – mit anhaltendem Erfolg, denn viele sind zu Klassikern geworden. Offenbar gibt es in uns eine Lust zum Gruseln. Für einen Meister dieses Fachs, für E.T.A. Hoffmann, stand ohnehin fest, »daß Herbst, Sturmwind, Kaminfeuer und Punsch ganz eigentlich zusammengehören, um die heimlichsten Schauer in unserem Inneren aufzuregen.«

Überhaupt … unser Inneres. War da nicht was? Wollte man sich nicht schon lange mal ein paar Gedanken machen? Wollte man sich nicht schon lange um etwas kümmern, wozu man vor lauter Frühling und Sommer und Draußensein nicht gekommen ist? Schlechtes Wetter und frühe Dunkelheit sind unangenehme Begleiterscheinungen des ablaufenden Jahres. Sie sind aber auch die ideale Gelegenheit, um endlich wieder mal runterzukommen – eine leichte Übung, aber mit großem Effekt. Denn wenn man sich auch nur für eine kurze Zeit einfach mal ein bisschen Ruhe gönnt – in der Sauna zum Beispiel –, dann kommt man schnell zu dem Punkt, an dem man sich selbst begegnet. Das trifft sich gut. Man hat sich lange nicht gesehen und war schon neugierig, zu erfahren, wie es einem geht. Wer dabei mehr als nur oberflächliches Interesse zeigt, wird auf jeden Fall einen dankbaren Gesprächspartner treffen. Und wenn man es dann am Ende des Abends geschafft hat, eine alte Freundschaft wieder aufgefrischt zu haben, hat sich der November schon gelohnt.

Es stehen natürlich diesbezüglich auch noch traditionelle Praktiken zur Verfügung wie Besinnung und Einkehr. Sie sind – zu Unrecht – aus der Mode geraten; man spricht heute lieber von Entschleunigung, Gelassenheit und Achtsamkeit, aber letztendlich geht es bei all diesen Übungen um das Gleiche. Es geht um unser Leben auf dem Planeten Erde, um die Zeit, die wir hier verbringen und um das, was wir mit ihr anfangen. Keine Frage: der Herbst erinnert uns daran, dass diese Zeit vergänglich ist. Wer unbedingt will, kann darüber ab August, beim Anblick des ersten welken Blatts, in Melancholie verfallen. Sinnvoller ist es allerdings, diese vergängliche Zeit stattdessen zu genießen.

Günter Stolzenberger

Quellennachweis

Hilde Domin
Herbstaugen 35
In: Sämtliche Gedichte.

Arthur Conan Doyle
Der Hund von Baskerville (Auszug) 122
In: Der Hund von Baskerville. Ins Deutsche übertragen von Heinz Kotthaus.

Günter Eich
Der Kürbis 65
Niederschönhausen 156
Septemberliches Lied vom Storch 22
In: Gesammelte Werke in vier Bänden. Band I: Die Gedichte. Die Maulwürfe. Hrsg. von Axel Vieregg.

Norbert Elias
Das ist der Fürchtegott 126
In: Gesammelte Schriften. Band 18: Gedichte und Sprüche. Suhrkamp Verlag.

Fred Endrikat
Der Zäisig aus der kalten Häimat 101
In: Das große Endrikat Buch.

Theodor Fontane
Herr von Ribbeck auf Ribbeck im Havelland 144
In: Werke, Schriften und Briefe. Abteilung I: Sechster Band. München/Wien 1978

Robert Gernhardt
Spätsommertag (Auszug aus: Der Sommer in Montaio) . . 60
In: Wörtersee. Zweitausendeins, Frankfurt am Main 1981.

Albrecht Goes
Altweibersommer 19
In: Gedichte.

Klaus Groth
Noch ist der liebe Wald so grün 30
In: Sämtliche Werke. Band V: Hundert Blätter. Hrsg. von Ivo Braak und Richard Mehlem. Flensburg und Hamburg 1960

Johann Peter Hebel
Glück und Unglück 56
In: Werke in einem Band. Berlin und Weimar 1978

Hermann Hesse
Welkes Blatt 169
In: Sämtliche Werke in 20 Bänden. Hrsg. von Volker Michels. Band 10: Die Gedichte.

Mascha Kaléko
24 Zeilen Herbst 152
In: Verse für Zeitgenossen. Erschienen 1958 im Rowohlt Verlag GmbH, Reinbek bei Hamburg

Allerseelen 139
In: In meinen Träumen läutet es Sturm.

Sarah Kirsch
Gasthaus 91
In: Sämtliche Gedichte.

Karl Krolow
Teebehaglichkeit (Auszug) 87
In: Deutschland deine Niedersachsen.

Horst Krüger
Oktobertage am Kaiserstuhl (Auszug) 61
In: Poetische Erdkunde.

Peter Kurzeck
So ein milder Herbst (Auszug) 44
In: Kein Frühling.

Katja Lange-Müller
Ausflug 66
In: Die Enten, die Frauen und die Wahrheit.
© 2003 Verlag Kiepenheuer & Witsch GmbH & Co. KG, Köln

Hermann Lenz
Herbst 55
In: Vielleicht lebst du weiter im Stein. Gedichte. Ausgewählt und mit einem Nachwort versehen von Michael Krüger.
© 2003 Suhrkamp Verlag, Frankfurt am Main. Alle Rechte bei und vorbehalten durch Suhrkamp Verlag Berlin

Siegfried Lenz
Drachensteigen (Auszug) 20
In: Exerzierplatz.
© 1985 by Hoffmann und Campe Verlag, Hamburg

Hermann Löns
Der Herbststurm 92
In: Ausgewählte Werke III. Hrsg. von Hans A. Neunzig. München 1986

Guy de Maupassant
Reue 157
In: Erotische Novellen. Band II. Hrsg. von Ernst M. Frank. Übertragen von Leopold Adrian. München 1984

Ernst Meister
Vogelwolke 121
In: Sämtliche Gedichte.
© Rimbaud, Aachen 1998

Marcel Proust
Spaziergang im Bois de Boulogne (Auszug) 27
In: Auf der Suche nach der verlorenen Zeit. Band 1: In Swanns Welt. Aus dem Französischen von Eva Rechel-Mertens.
© 1953 Suhrkamp Verlag, Frankfurt am Main. Alle Rechte bei und vorbehalten durch Suhrkamp Verlag Berlin

Wilhelm Raabe
Ländliche Idylle (Auszug) 47
In: Sämtliche Werke. Achter Band: Der Schlüdderump. Freiburg i. Br. und Braunschweig 1952

Rainer Maria Rilke
Herbsttag 165
In: Sämtliche Werke. Erster Band. Gedichte: Erster Teil. Frankfurt am Main 1955

Peter Rosegger
Das Herbsteinschnalzen 39
In: Gesammelte Werke. Band 14: Volksleben in der Steiermark. Leipzig 1914

Herbert Rosendorfer
Weinprobe bei den Benediktinern (Auszug) 58
In: ...ich geh zu Fuß nach Bozen.
© 1988 by nymphenburger in der F.A. Herbig Verlagsbuchhandlung GmbH, München

Joseph Roth
Brief aus dem Harz (Auszug) 97
In: Werke. Dritter Band. Das Journalistische Werk 1929–1939. Hrsg. von Klaus Westermann. Köln 1991

Rafik Schami
Herbststimmung 170
In: Gesammelte Olivenkerne. Aus dem Tagebuch der Fremde.
Mit Illustrationen von Root Zeeb.
© 1997 Carl Hanser Verlag, München

Heinrich Seidel
Die Nebeldroschke 115
In: Gesammelte Werke. Band 5: Phantasiestücke.
Stuttgart ohne Jahr

Etienne Pivert de Senancour
Darum ist der Herbst so köstlich 154
In: Oberman. Roman in Briefen. Aus dem Französischen
übertragen und mit einem Nachwort von Jürgen Peter
Walser.
© der deutschsprachigen Ausgabe: 1982 Insel Verlag
Frankfurt am Main und Leipzig

Adalbert Stifter
Im Herbstwald (Auszug) 23
In: Gesammelte Werke. Erster Band. Novellen I: Der Hochwald. München 1982

Bram Stoker
In Draculas Gruft (Auszug) 127
In: Dracula. Ein Vampyr-Roman. Aus dem Englischen von
Heinz Widtmann.
Deutscher Taschenbuch Verlag, München 2012

Theodor Storm
Und sind die Blumen abgeblüht 43
In: Sämtliche Werke in vier Bänden. Band 1: Gedichte,

Novellen 1848–1867. Hrsg. von Dieter Lohmeier. Frankfurt am Main 1987

Georg Trakl
Verklärter Herbst 73
In: Dichtungen und Briefe. Salzburg 1969

Kurt Tucholsky
Die fünfte Jahreszeit 149
In: Gesammelte Werke in 10 Bänden: Band 7.
Hrsg. von Mary Gerold-Tucholsky und Fritz J. Raddatz.
Reinbek bei Hamburg 1969

Johann Heinrich Voß
Obstlied (Auszug) 37
In: Sämtliche poetische Werke. Vierter Band. Leipzig 1846

Jan Wagner
18 (quittenpastete) 46
In: ACHTZEHN PASTETEN
© 2007 Bloomsbury Verlag GmbH, Berlin

Robert Walser
Es fing an zu herbsteln (Auszug) 9
In: Sämtliche Werke in Einzelausgaben. Hrsg. von Jochen Greven. Band 10: Der Gehülfe, S. 160 ff.
© Robert Walser-Stiftung, Bern. Alle Rechte bei und vorbehalten durch Suhrkamp Verlag Zürich 1978 und 1985

Jan Weiler
Celle. Open End. Lesen Sie diesen Text, solange Sie möchten. 1. November 2005* 140
In: In meinem kleinen Land.
© 2006 Rowohlt Verlag GmbH, Reinbek bei Hamburg